潰し屋

南 英男

廣済堂文庫

目次

プロローグ

影が動いた。

闇の奥だった。暴漢なのか。

千本木創はいくらか緊張し、歩度を緩めた。

渋谷区神宮前五丁目の裏通りである。初秋の晩だ。時刻は九時近い。近くにある知人宅を辞去して間がなかった。

閑静な住宅街だった。早くも人通りは絶えている。

千本木は目を凝らした。

ほとんど同時に右手の暗がりから、三十二、三歳の男が現われた。灰色の背広姿だった。

中肉中背だ。ごく普通のサラリーマンだろう。荒んだ印象は少しも与えない。神経過敏になっていたようだ。

千本木は苦笑した。

男の足取りは心許なかった。どうやら酔っているらしい。

千本木は足を速めた。

そのとき、体を揺らめかせた男が何か小声で訴えた。呟くような声だった。千本木には聞き取れなかった。

「救けて、救けてくれーっ」

男が掠れ声を洩らし、街路灯の白いポールにしがみついた。

よく見ると、上着とワイシャツは血塗れだった。ことに胸と腹部の出血が夥しい。

「どうしたんだ?」

「さ、刺されたんです、知らない男に」

「動かないほうがいいな」

千本木は大声で言って、血みどろの男に駆け寄った。男が全身で抱きついてきた。体が小刻みに震えている。死の影に怯えているのかもしれない。

男は弱々しく何か口走り、その場に頽れた。まるで水を吸った泥人形のような崩れ方だった。

「いま、救急車を呼んでやろう」

千本木は路面に片膝を落とし、男の体を支え起こした。

その姿勢で木炭色の薄手のウールジャケットの内ポケットからスマートフォンを

取り出し、素早く一一九番する。電話をかけ終えたとき、男が横倒しに転がった。すぐに唸りはじめた。

「おい、しっかりするんだ」

千本木は男の肩を揺さぶった。

返事はなかった。男は苦しげに呻いたきりだ。

千本木は男の耳許で訊いた。

「どこで刺されたんだ？」

「す、すぐそこの路地です。前から来た奴が、いきなりナイフを取り出して……」

「犯人の年恰好は？」

「よくわからない。キャ、キャップを被ってました」

男が喘ぎ喘ぎに答えた。いかにも辛そうだった。

「もう喋らないほうがいい」

「目が、目が霞んできた。まだ死にたくない、死にたくないよ」

「じきに救急車が来るはずだから、もう少し頑張るんだ」

千本木は、傷を負った男を励ました。

男は瞼を閉じ、大きく息を吐いた。次の瞬間、首ががくりと折れた。そのまま微動だにしない。

千本木は慌てて男の右手首を取った。

脈動は伝わってこなかった。息絶えたことは間違いない。千本木は短く合掌し、静かに立ち上がった。

息絶えた男の体の下には、血溜まりが生まれていた。血臭が濃い。刺し傷は四、五カ所あった。それも単に刺しただけではない。

犯人は、わざわざ刃物を左右に抉じっている。おそらく殺し屋の仕業だろう。

若死にしてしまって、運のない男だ。

千本木は上着のポケットからハンカチを抓み出し、手に付着した血糊を拭った。

ウールジャケットの汚れを落としはじめたとき、前方から救急車のサイレンがけたたましく響いてきた。

千本木は少し面倒な気がしたが、成り行きから逃げるわけにもいかなかった。

ほどなく救急車が彼の目の前に停まった。サイレンは鳴り熄んだが、赤色灯は瞬きつづけている。

二人の救急隊員が慌ただしく路上に降り立った。四十歳前後のコンビだった。片方は背が高い。もうひとりは小柄だ。

「残念ながら、怪我人は少し前に息を引き取りました」

千本木は、どちらにともなく言った。

すると、長身の隊員が問いかけてきた。

「おたくが通報されたんですか？」

「ええ。たまたま通り縋りに救けを求められたんですよ」

「それは大変でしたね。事件のようでしたので、一応、警察に連絡しておきました」

「そうですか」

千本木はセブンスターをくわえた。

愛煙家だった。一日に六、七十本は喫っている。煙草を半分ほど灰にしたころ、パトカーが到着した。

背の低い救急隊員が小走りにパトカーに走っていく。すぐに車内の制服警官たちに何か報告しはじめた。

千本木は、喫いさしの煙草を足許に落とした。

靴の底で、火を踏み消す。火の粉が散った。

上背のある救急隊員が軽く頭を下げ、救急車に戻っていった。二人の隊員は車に乗り込み、現場から走り去った。

パトカーを降りた二人の制服警官が大股で近寄ってきた。片方は四十絡みで、もうひとりは二十七、八歳だ。

「あんたが通報者だって？」

年嵩の警官が、ぞんざいな口を利いた。

「他人に何かを訊ねるときは、それなりの礼儀があるでしょう？」

「なんだい、あんたっ」

「そんなふうに横柄だから、日本のお巡りは国民に嫌われるんだ」

千本木は精悍な顔に皮肉っぽい笑みを拡げた。

制服警官たちが一瞬、表情を強張らせた。二人は顔を見合わせたが、何も言わなかった。

三十五歳の千本木は大柄だった。身長百八十一センチ、体重七十五キロである。筋肉が発達しているからか、他人に威圧感を与えるようだ。

「おたくの服や手に血が付着してるね。どうしてなんです？」

若い警官が口を挟んだ。

「死んだ男に抱きつかれたからさ」

「参考までに、おたくの名前や職業を教えてくれませんか」

「職務質問には答えたくないな」

「何か疚しい気持ちでもあるんですか」

「ただ答えたくないだけだよ。職質に答えなければならないって法律はないはずだぞ」

千本木は声を張り、鋭い目を片方だけ眇(すが)めた。挑発のポーズだ。

若い警官が救いを求めるように、年上の同僚に目を向けた。

「ひょっとしたら、あんたも警察官(サツカン)なの？」

四十年配の男が探(さぐ)りを入れてきた。

「いや」

「それにしちゃ、ずいぶん態度がでかいな」

「いまの台詞(せりふ)をそっくりあんたに返そう」

「おい、何様のつもりなんだっ。さっさと運転免許証か何か出せよ！」

「まるでチンピラだな」

千本木は言った。年嵩(としかさ)の警察官が、にわかに気色(けしき)ばんだ。

「その気になりゃ、あんたを公務執行妨害で逮捕(パク)れるんだぞ」

「やれるものなら、やってみるんだな」

「上等だ」

「まあ、まあ」

若い警官が、いきり立った同僚をなだめた。

千本木は薄く笑った。ちょうどそのとき、機動捜査隊の覆面パトカーが駆けつけた。

事件の初動捜査に当たる刑事たちが次々に車を降りた。

そのうちのひとりが千本木を見て、驚きの声をあげた。

「あれ、千本木検事じゃありませんか」

「やあ、きみか。おれは、もう検事じゃないんだ」

「ああ、そうでした。確か二年前に、東京地検をお辞めになったんでしたね」

「辞めたんじゃなくて、懲戒免職になったんだよ」

千本木は自嘲の笑みを浮かべた。顔見知りの若い捜査員は曖昧なうなずき方をして、目を伏せた。

千本木は二年前まで、東京地検特捜部経済班の検事だった。

大物政財界人たちの絡む大がかりな贈収賄事件の捜査に当たっている時期に、彼は三人の暴漢に襲われた。帰宅途中の災難だった。深夜のことだ。

男たちは、いずれも堅気ではなかった。

被疑者の誰かに雇われた刺客と思われた。千本木は正義感が強い。被疑者がどんな権力者でも、捜査の手を緩めることはなかった。起訴されることを恐れた被疑者が、政府筋の圧力にも屈しない担当検事を抹殺する気になったのだろう。

三人の男は、それぞれ刃物を忍ばせていた。

千本木は、まともに相手になる気はなかった。凶器を躱し、ひたすら逃げた。しかし、男たちは執拗に挑みかかってきた。

危うく心臓部に匕首を突き立てられそうになったとき、思わず千本木は冷静さを失ってしまった。グレイシー柔術の達人である彼は、本来、腕力には自信がある。少林寺拳法や柔道の心得もあった。怒りをじっと抑えていた分だけ、反撃は凄まじかった。千本木は容赦なく、三人の男をぶちのめした。投げ飛ばすだけではなかった。男たちの腕や脚の関節を傷めつけた。暴漢たちは病院に担ぎ込まれることになった。千本木は傷害罪で起訴され、一年三カ月の刑を言い渡された。服役こそ免れたが、一年余の執行猶予の刑は重い。

判決にはいささか不満だったが、千本木は敢えて再審請求しなかった。彼自身、愚行に走ってしまったことを悔やんでいたからだ。

刑が下った時点で、千本木は東京地検を追われた。順風満帆だった人生は、たちまち暗転した。

刑事罰を受けた者は弁護士にはなれない。民間企業への就職も困難だ。

千本木は旧知の弁護士たちが回してくれた調査の仕事を細々とこなしながら、一年ほど糊口を凌いだ。しかし、いつまでも周囲の人々に甘えているわけにはいかない。

そんな思いから、千本木はちょうど一年前に法律コンサルタントの看板を掲げたのである。代々木三丁目にある自宅マンションはオフィスを兼ねていた。

正規の弁護士と違って、法律コンサルタントの報酬は安い。家賃滞納や賃借権のトラブルなどの相談に乗って、わずかな謝礼を受け取っていた。

収入は不安定だった。

ひどいときは月に十万円も稼げなかった。当然のことながら、それだけでは生計が立たない。しかし、千本木はそこそこの暮らしをしていた。実は彼の素顔は、凄腕の悪党ハンターだった。

法網を巧みに潜り抜けている悪人どもから巨額を脅し取り、私的な裁きを加えていた。狡猾な極悪人を法で裁くことは難しい。そこで非合法な手段を用いて、救いようのない卑劣漢たちを潰す気になったのである。いわば〝潰し屋〟だった。

元検事の千本木は、自分なりの正義を貫いている。

悪人どもから巻き上げた大金の八割は、世界の不幸な子供たちに匿名で寄附していた。といっても、千本木は別に義賊を気取っているわけではない。自分ひとりでは遣いきれない金を有効利用しているだけだった。

これまでに千本木は、十人近い巨悪を潰してきた。財産や社会的地位を失って、発狂してしまった悪人もいる。奪った金は五百億円近い。

「あなたは東京地検にいらしたんですか。そうとも知らずに、大変失礼いたしました。どうかお赦しください」

乱暴な物言いをした警官がおもねるように猫撫で声で謝り、若い同僚を促してパトカーに向かった。

　権力や権威にひざまずく人間は、どうしても好きになれない。心根が卑しいし、信用できなかった。軽蔑すらしている。

　千本木は露骨に顔をしかめた。

「少し話をうかがわせてください」

　機動捜査隊の若い隊員が穏やかに言った。

　千本木は経緯をつぶさに語った。

「ご協力に感謝します」

「早く犯人を検挙てやってほしいな」

「力を尽くします。それはそうと、いまはどのようなお仕事をなさってるんでしょう？」

「何もしてないんだ。仙人みたいに霞を喰って生きてるんだよ。できれば、ヒモになりたいんだが、おれに騙されるような女が見つからなくてね」

「ご冗談を。念のため、ご連絡先を教えていただきたいんですが……」

　捜査員が遠慮がちに言った。

　千本木は自宅の電話番号を教え、事件現場から遠ざかった。少し先の路上に、メタリックブラウンのサーブを駐めてあった。スウェーデン製の車だ。

千本木は自然に急ぎ足になった。

九時半ごろ、恋人の二神安奈（ふたがみあんな）が代々木のマンションに来ることになっていた。

二十七歳の安奈は、関東テレビ社会部の美人記者だ。

知り合ったのは三年前である。

その当時、安奈は司法記者だった。毎日のように顔を合わせているうちに、いつしか二人は互いに魅（み）せられていた。

千本木にとって、安奈はかけがえのない女性だった。

彼女は知性の輝きと妖艶（ようえん）さを併（あわ）せ持ったグラマラスな美女である。さばけた性格で、気立てもいい。

安奈とゆっくりと会うのは十日ぶりだ。いい夜にしたい。

千本木はサーブに乗り込んだ。

第一章　謎の襲撃者たち

1

スマートフォンが鳴った。

ちょうど信号待ちのときだった。午後九時二十分過ぎだ。

千本木はハンドフリーシステムを使っていた。スマートフォンは手に取らなかった。

「わたしよ」

安奈のしっとりとした声が響いてきた。

「都合が悪くなったらしいな」

「そうなの。神宮前五丁目で、殺人(コロシ)があったのよ。その取材があるんで、あなたの部屋には十一時近くにならないと行けそうもないわ」

「わかった。待ってるよ」

「ごめんなさい」

「気にするな。それより、その事件の取材をしっかり頼むぜ」

千本木は言った。

「何か事件に関わりがありそうな口ぶりね」

「被害者が三十二、三歳の男だとしたら、関わりがあるな。さっき神宮前五丁目の路上で、血塗れの男に救いを求められたんだ」

「えっ、救急車を呼んだのはあなただったの!?」

「ああ。やっぱり、そうだったか。で、殺された男の身許は？」

「わかったわ。折戸正明、三十三歳よ」

安奈が答えた。

そのすぐ後、信号が変わった。千本木はサーブを発進させた。明治通りである。高速四号新宿線の少し手前だった。

「被害者はサラリーマンだったんだろう？」

「えーと、勤務先は『全日本レジャーカードシステム』よ。パチンコのプリペイドカードを発行してる会社ね」

「そのカード会社は、確か大手総合商社の五菱物産の子会社だったよな」

「ええ、そう。十年ほど前に、大手商社が競ってパチンコ市場に飛びついたでしょ？」

「ああ。パチンコ産業は、そのころから年商三十兆円の成長市場だったからな」

「そうね。それで、大手商社が相次いでパチンコ事業に乗り出したわけよ。五菱物産の子会社の『全日本レジャーカードシステム』は、パチンコのプリペイドカードの発行では最大手なの」

「知ってるよ」

「PC事業は警察の後押しもあって十数年前に急成長し、各商社の情報産業部門の利益の約四割を稼ぐ柱になったの」

「しかし、最近はプリペイドカードの変造が横行してるんで、どのカード会社も泣かされてるようだぞ」

千本木は言った。

「ええ、そうね。『全日本レジャーカードシステム』はカードの変造被害によって、五百億円以上の被害が出てるの」

「おいしかった商売が一転して、経営危機を招いたわけか。自業自得だな。おれは、同情する気にならないね」

「基本的には、わたしも創さんと同じ考えよ。でも、こうも変造被害が大きくなると、ちょっぴりカード発行会社が気の毒になってくるわ。現行のシステムを変えないと、PC事業はいまに成り立たなくなるんじゃないかしら?」

安奈がそう言い、口を結んだ。

パチンコのプリペイドカードには、一万円券、五千円券、三千円券の三種がある。一万円券を例にとると、カード発行会社はまず一万円でカードをパチンコ店に売る。そのカードを店は客に売るわけだ。

たとえば客が八千円分の玉を使ったとすると、その使用額がコンピューターに集計され、カード発行会社は八千円をパチンコ店に払い戻す。一枚当たり十三円のカード代と売上管理のためのコンピューターシステム使用料などがカード会社の収入になる。

カードの変造被害が増え、現在、一万円券と五千円券は使用中止になっているパチンコ店が多い。プリペイドカードは人気のパチンコ機と一体になって導入され、一万八千店前後の店に定着している。

使用済みのカードのパンチ穴を塞いだり、磁気情報を記録し直して、不正使用できるようにしたものが変造カードだ。変造カードの使用者は全額を玉に換え、すぐさま換金してしまう。三千円券を一万円券に変造すれば、七千円が丸々儲かることになる計算だ。

パチンコ店での使用額として集計された金額は、発行済みカードの額面を上回る。その超過分がカード発行会社の被害額になる。

現行のシステムでは、店側は客が変造カードを使っても、何ら損害は受けない。そんなこともあって、違法行為を黙認するケースもあるようだ。

損失がないからといって、野放しにしておくことは危険だろう。

変造カードが使われる店では、当然、玉が通常よりも大量に売られる。その数字は、コンピューターに確実に記録される。それを無視して店ぐるみで変造カードを使いつづけていると、いずれ警視庁に摘発される羽目(はめ)になるだろう。

もっとも、悪知恵の発達した店主は怪しまれない程度に変造カードを巧みに使わせているようだ。変造カードの常習使用者たちも、小まめにパチンコ店を変えている。毎回、店を変えれば、めったに不正は発覚しないのだろう。

「テレカの変造はだいぶ前に途絶えたが、今度はパチンコのプリペイドカードか」

千本木は喋(しゃべ)りながら、車を左折させた。

「今後も被害は出るでしょうね」

「だろうな。『全日本レジャーカードシステム』は、警察庁やＮＴＴデータ通信の後押しで設立されたんじゃなかったっけ？」

「ええ、そうよ。設立は一九八八年ね。警察庁はパチンコ業界の健全化を掲(かか)げてたし、ＮＴＴデータ通信もＰＣ事業には力を入れてたのよ」

安奈が説明した。

「パチンコのプリペイドカードは十五年は変造できないと言われてたが、こんなに早くシステムを破られるとはな」

「そのことで、『全日本レジャーカードシステム』の親会社の五菱物産は、PCの技術開発に当たったNTTデータ通信と親会社のNTTの責任を追及する構えみたいよ」

「カード発行会社だけが損害を被(こうむ)るのは腹立たしいってことか」

「そうなんでしょうね」

「なんか長話になっちまったな」

「もう切るわ。できるだけ早く創さんのマンションに行くつもりよ」

「それじゃ、おれは先に大事なとこを洗ってベッドで待つか」

千本木は露骨に言った。

「もう少し夢のある表現をしてほしかったな。そんなふうに即物的な言い方されると、ちょっと悲しくなるわ」

「どうして？」

「だって、なんだかわたしたちがセックスだけで繋(つな)がってるみたいじゃないの」

「そんなことはないさ。おれは、きみにぞっこんなんだ」

「それなら、今夜あたり、ベッドでプロポーズしてもらえる？」

安奈が笑いを含んだ声で言った。

千本木は返事に窮(きゅう)した。安奈には惚(ほ)れていたが、彼女と結婚する気はなかった。裏の顔を持っている間は、誰とも所帯を持つつもりはなかった。自分に万が一のことがあったら、相手を不幸にしてしまう。それだけは避けたい。

「急に黙り込んじゃったわね」

「きみは結婚という形態には拘らないタイプだったはずだがな」

「あら、焦ってる。面白い！　冗談よ、安心して」

「年上の人間をからかうなんて、生意気だぞ。ベッドで何もしてやらないぞ」

「それは、ちょっと困る。早いとこ取材を済ませるから、たっぷり愛してね」

安奈が鼻にかかった声で甘え、先に電話を切った。

千本木は微苦笑し、通話を切り上げた。代々木の裏通りを低速で進む。

五分ほど走ると、『代々木レジデンス』が見えてきた。

十一階建ての賃貸マンションだ。外壁は薄茶の磁器タイル張りだった。

千本木はサーブごと地下駐車場に潜った。所定のカースペースに車を駐め、エレベーターホールに足を向ける。

部屋は五〇五号室だった。

間取りは1LDKである。LDKの部分は十五畳ほどの広さだ。リビングの右手にある寝室は、クローゼット付きの十畳の洋室だった。

千本木は部屋に入ると、浴室に直行した。

手早く裸になり、熱めのシャワーを頭から被った。髪と全身を洗い、素肌に黒いバスローブをまとう。

千本木はキッチンの冷蔵庫から冷えた缶ビールを取り出し、リビングソファに腰かけた。

缶ビールを半分ほど呷ったとき、サイドテーブルの上の電話機が着信した。ファクシミリ付きの固定電話だ。千本木は受話器を摑み上げた。

「法律コンサルタントの千本木さんでしょうか？」

中年男性の声が確かめた。

「そうです。法律のご相談ですね」

「はい。実は四カ月前に競売物件の中古マンションを相場よりもだいぶ安く手に入れることができたんですが、部屋に前の所有者と短期賃貸借契約をした人がいて、立ち退かないんですよ」

「それは困りましたね」

「わたし、裁判所が競売物件を扱ってたんで、すっかり信用してたんですが、これじゃ、詐欺に遭ったようなものです」

「まあ、落ち着いてください。裁判所を恨みたくなる気持ちはわかりますが、あなたも少し不勉強でしたね」

「不勉強？」

「ええ。競売物件を落札すると、その不動産に付いていた抵当権は消えます。だから、競落人は所有権を手に入れることができるわけです。ただ、短期賃貸借は、その時点ではきれいにならないんですよ」

「登録手続きをしてくれた裁判所の職員は、そんなこと一言も言いませんでしたがね。二割の保証金を納めるときにでも、そのことを話してくれたら、こんなことにならなかったのに」

「裁判所で渡された書類に、売却によって効力を失わない権利として、短期賃貸借のことはちゃんと記載されてるはずです」

千本木は言った。

「ええ、確かに小さく記されてました。しかし、裁判所の人間も不親切すぎますよ」

「競売物件の入札をしようとする人間なら、たいていそのことは知ってます。それだから、あなたは少し不勉強だと申し上げたんですよ」

「それは認めますけど、どうも納得できないんです」

電話の主は、いかにも不服そうだった。

「建物の賃貸借権は三年間です。競売で所有権者が第三者に移っても、その間は権利が残ってしまうんです」

「それじゃ、あと一年一カ月もわたしは自分の家に入居できないってことなんですね？」

「そういうことになります。ただ、それまでは現在の入居者にあなたが家賃を請求できますよ。家賃はいくらなんです？」

「約十三万円です。しかし、わたしはすぐにも買ったマンションに引っ越したいんですよ」

「そういう場合は、入居者に立ち退きの補償をしなければなりません」

「わたしが補償するんですか!?」

「ええ、そうです。入居者には居住権があるわけですから、低姿勢に立ち退いてくれるよう頼むんですね」

「立ち退き料は、どのくらい払えばいいんですか？」

「別に相場はありません。あくまでも双方の話し合いです」

「入居者がごねたら、わたしはあと一年以上も待たなければならないのか」

「そういうことになりますね」

千本木はいったん言葉を切り、すぐに言い継いだ。

「入居されてる方に、十カ月分の家賃を立ち退き料として払うと切り出してみたら、いかがです？」

「えっ、そんなに払わされるんですか。まいったな」

「その程度の額ですんなり立ち退いてもらえれば、御の字ですよ。性質の悪い奴は家主の足許を見て、一千万円寄越せなんて言い出しますからね」

「めちゃくちゃな話じゃないですか」

「ええ。そういうケースのときは、法律は特別に引き渡しの執行を認めてます。もちろん、多少の時間と費用はかかりますがね」

「よくわかりました。とりあえず、入居者と話し合ってみます」

「それがいいでしょう」

「ありがとうございました。それで、いまの相談料はいくらになります？　ご指定の銀行口座にお金を振り込みますよ」

「これぐらいの相談で、お金はいただけません。無料で結構です」

「いまどき、奇特な方だな。感謝感激です」

男は嬉しそうに言って、先に電話を切った。

また、商売にならなかった。千本木は苦く笑い、受話器をフックに戻した。

電話による法律相談は少なくなかった。昨夜も若いサラリーマンが、倒産した旅行代理店から支払い済みの欧州旅行の申し込み金をなんとか取り戻したいと電話をしてきた。

倒産した中堅の旅行代理店は、幸いにも旅行業協会の会員会社だった。協会が被害額の一部を返してくれるだろう。

きのうの相談者も謝礼のことを訊(き)いたが、やはり料金は請求できなかった。表稼業で収入を得たのは、もう一週間も前のことだ。カード地獄に陥った若いOLに自己破産を勧め、その手続きを代行してあげて十万円の報酬を得たのである。

しかし、そっくりポケットに収めることはできなかった。結局、半分は客に返してしまった。

金は裏の仕事で集めればいい。

千本木は残りのビールを飲み干し、コーヒーテーブルの上の遠隔操作器(リモート・コントローラー)を摑み上げた。

大型テレビのスイッチを入れ、選局ボタンを幾度か押した。ちょうど十時だった。チャンネルをニュースショー番組に合わせる。

国際関係のニュースが報じられた後(あと)、画面に神宮前五丁目の住宅街が映し出された。

千本木は画面を見つめ、キャスターの声に耳を傾けた。キャスターが路上で発生した刺殺事件を乾いた口調で伝えはじめた。詳報ではなく、第一報という感じだった。

「殺された折戸さんは一年あまり前に大手損保会社の調査部から現在の会社に移り、主にパチンコのプリペイドカードの使用度の調査などをしていました。殺された理由や犯行状況など詳しいことは、まだわかっていません」

画像が変わり、多重衝突事故のニュースに移った。

刺殺された折戸という男は、元損保会社の調査員だったのか。いまの会社でも、似たような仕事をしていたのかもしれない。

千本木はセブンスターに火を点けた。

折戸の死の向こうに、何か陰謀がありそうだ。彼の死を見届けることになったのも、何かの縁だろう。恋人の安奈も、この事件を担当することになった。情報も入手しやすい。

退屈しのぎに、ちょっと調べてみることにした。

千本木はテレビのスイッチを切り、短くなった煙草の火を灰皿の底で揉み消した。

ソファから立ち上がり、寝室に向かう。千本木は湿ったバスローブを脱ぎ、ボクサーショーツ型のトランクスを穿いた。

そのままの恰好で、セミダブルのベッドの上に仰向けになる。ぼんやりと天井を眺めていると、次第に瞼が重くなってきた。いつしか千本木は眠りに溶け込んでいた。

それから、どれだけの時間が流れたのか。

千本木は息苦しさを覚え、目を覚ました。誰かが唇を重ねている。安奈だった。裸ではない。麻の白っぽいスーツを着ていた。

千本木は悪戯っ気を出し、安奈の下唇を軽く噛んだ。安奈が小さな声をあげ、すぐに顔を離した。

千本木は訊いた。

「いつ来たんだい？」

「たったいまよ。玄関ドアが開いてたんで、勝手にお邪魔しちゃったの」

安奈がほほえんだ。匂うような微笑だった。整った細面には、うっすらと化粧が施されている。

充分すぎるほど美しい。ことに黒目がちの円らな瞳が魅惑的だ。

鼻の形もいい。やや肉厚な唇は官能的だった。胸は豊満で、ウエストのくびれが深い。腰の曲線は、たおやかだった。脚はすんなりと長い。

「いま、何時？」

「十一時を少し回ったとこよ」

「あんまり待たされたんで、つい眠っちまったんだ」

「ええ、よく眠ってたわ。一度、声をかけたのよ。でも、起きなかったんで、ちょっと悪戯をね」

「そうか。取材は無事に終わったのか」

「ええ、まあ。寝室で仕事の話は野暮なんじゃない？」

「確かにな」

千本木は安奈の手首を摑み、大きく引き寄せた。

安奈の体は、千本木の胸に斜めに重なる形になった。量感のある乳房がラバーボールのように弾んだ。悪くない感触だった。

二人は改めて唇を重ねた。

唇をついばみ合い、舌を深く絡め合う。千本木はディープキスを交わしながら、スカートの上から張りのあるヒップを撫でた。

手をスカートの中に潜らせると、安奈が急に顔を離した。

「待って。大急ぎで汗を流してくるわ」

「そのままでいいよ。きみの汗の匂いを嗅ぎたいんだ」

「駄目よ。下の方も汚れてるし」

「どうってことないよ」

千本木は言って、安奈の唇を塞ごうとした。安奈が巧みに顔を逸らせ、ベッドから上体を素早く起こした。

「すぐに戻ってくるわ」

「まるっきり無臭っていうのも、男には物足りないもんだぜ」

「変態みたいなことを言わないで」

安奈が甘く睨み、急ぎ足で寝室を出ていった。千本木は腹這いになり、ナイトテーブルから煙草とライターを摑み上げた。

一服し終えたとき、安奈が寝室に戻ってきた。胸高にバスタオルを巻きつけている。一つに束ねられていた髪は、両肩に下ろしてあった。

千本木は羽毛蒲団を大きくはぐり、ベッドの端に移動した。

「お待たせ」

安奈が照れた顔で言って、ベッドに歩み寄ってきた。

千本木は片肘で体を支え、バスタオルを剝いだ。熟れた白い裸身が眩い。逆三角に繋った飾り毛は艶やかだった。

安奈が身を横たえた。千本木はトランクスを脱ぎ、添い寝をする姿勢をとった。

濃厚なくちづけを交わしながら、安奈の体の線を指先でなぞった。

安奈は早くも胸を上下に弾ませている。

すでに乳首は硬く張りつめていた。色素は淡く、鴇色に近かった。乳暈は淡紅色だ。

千本木は安奈の舌の裏や上顎の肉を舐めながら、胸の蕾を交互に愛撫した。抓み、転がし、圧す。千本木は頃合を計って、指の間に乳首を挟みつけた。そのまま乳房全体を揉む。

たちまち安奈が喉の奥で喘ぎ、千本木の頭髪をいとおしげに指で梳きはじめた。

千本木は顔をずらし、安奈の項、喉元、首筋に唇を這わせた。鎖骨のくぼみにも、舌を滑らせた。

耳の奥を舌の先でくすぐると、安奈は裸身をくねらせた。唇からは、なまめかしい呻きが零れた。

千本木は徐々に顔を下げ、乳首を口に含んだ。吸いつけ、つつき、震わせる。

安奈は胸が人一倍、感じやすい。啜り泣くような声をあげながら、千本木の昂りに手を伸ばしてきた。

しなやかな指は絶え間なく動いた。

一気に欲望が膨らんだ。千本木は乳首を吸いながら、なだらかな下腹や火照った内腿を撫でた。和毛もまさぐったが、秘めやかな場所にはわざと触れなかった。

焦らすことも、ベッドテクニックの一つだ。際どいゾーンまで指を進めても、決して肝心の部分には触らなかった。

「いや、焦らさないで」

安奈がもどかしそうに言い、片腕を大胆に動かしはじめた。

千本木は煽られ、一段と猛った。体の底が引き攣れそうだ。

そろそろいいだろう。千本木は柔らかな恥毛の底に潜んでいる愛らしい突起に指を添えた。

それは、こりこりに痼っていた。芯の部分には真珠のような塊があった。

千本木はクリトリスを愛ではじめた。捏ねるように抓み、左右に揺さぶる。圧し転がし、上下にも動かした。

安奈は切なげに淫らな声をあげながら、腰を迫り上げた。

千本木は、双葉に似た合わせ目を指先で捌いた。熱い潤みがあふれた。小陰唇は腫れたように肥厚している。複雑に折り重なった襞は、しとどに濡れていた。蜜液の雫は、会陰部を這うように滑っている。

千本木は、たっぷりそそられた。ギタリストのように指を躍らせる。安奈が呻きながら、腰を何度も浮かせた。

エクスタシーが近いようだ。

千本木は安奈の体内に中指を沈め、奥のＧスポットを押した。ひと押しごとに、その部分は盛り上がった。興奮の証である。

「あふっ、たまらないわ」

安奈が甘やかな声で言った。

千本木は陰核、小陰唇、膣の三カ所を同時に慈しみはじめた。いくらも経たないうちに、安奈は最初の極みに駆け昇った。

その瞬間、彼女は愉悦の声を轟かせた。ジャズのスキャットのような唸り声は長く尾を曳いた。裸身の震えも大きかった。

千本木の指に、内奥(ないおう)の緊縮がもろに伝わってきた。悦(よろこ)びのビートは規則正しかった。軽く引いても、指は抜けない。

千本木は安奈の股の間に入り、はざまに顔を埋めた。

情熱的な口唇愛撫を加えると、またもや安奈は高波に呑(の)まれた。憚(はばか)りのない声は高く響いた。ほどよく肉の付いた内腿には、漣(さざなみ)のような震えが走っている。

安奈は淫蕩(いんとう)的な唸り声を放ちながら、幾度も顔を左右に振った。

閉じた瞼の陰影が濃い。顎(あご)が浮き、口は半開きだった。舌は口の中で、妖(あや)しく舞っている。

「一息入れよう」

千本木は安奈のかたわらに寝そべった。

体の震えが鎮(しず)まると、安奈はむっくりと身を起こした。すぐに千本木は、下腹部に彼女の熱い息を感じた。ペニスをくわえられた。

安奈の舌技は絶妙だった。

舌はさまざまに変化した。安奈はライチに似た部分をまさぐりながら、ひとしきり舌を閃(ひらめ)かせた。

千本木は猛(たけ)りに猛った。

体を繋(つな)ぐ気になったとき、安奈がせっかちに千本木の腰に跨(また)がった。千本木は、生温かい襞に包まれた。ほとんど隙間がない。

「よすぎて、頭が変になりそうよ」

安奈が腰を弾ませはじめた。

トロピカルフルーツを想わせる豊かな乳房がゆさゆさと揺れている。千本木は片手を伸ばし、肉の芽に指を当てた。

「ほんとに、頭がどうかなっちゃいそう」

「一緒に狂おう」

千本木はゆっくりと上体を起こし、対面座位の体位に移った。

二人は熱く見つめ合った。

「女殺しのベッドテクニックをどこで習ったの？」

「別に誰かに教わったわけじゃない。三十五年生きてるうちに、自然に身についたんだよ」

「嘘、嘘だわ。二十代のころ、だいぶ女遊びをしたんでしょ？」

「司法試験の勉強や司法修習で忙しくて、女と遊ぶ時間なんかなかったよ」

「嘘つき！　でも、好きよ。愛してるわ」

安奈が唇を重ねてきた。

二人は激しく貪り合った。千本木は安奈の舌を吸いつけながら、少しずつ体を前方に倒していった。安奈を組み敷くと、彼はダイナミックに腰を躍動させはじめた。

安奈は体を深く折る恰好だった。

千本木はゴールに向かって疾走しはじめた。

2

読経の声が高くなった。

千本木は夜道にたたずみ、斜め前の折戸家に視線を向けていた。八時過ぎだった。

きのうの晩に殺された折戸正明の自宅は、川崎市高津区の外れにあった。

新興住宅街の一角だった。庭付きの一戸建てだ。

似たような造りの二階家がびっしりと連なっている。どうやら建売住宅らしい。

仮通夜の弔問客は疎らだった。

三十代前半で一戸建ての家を買えるとは、たいしたものだ。それとも、折戸の実家が裕福なのだろうか。

千本木はそう思いながら、セブンスターに火を点けた。

司法解剖された遺体が東京都監察医務院から折戸家に搬送されたのは、午後四時過ぎだった。安奈が電話で、そのことを教えてくれたのだ。

折戸の死因は、五カ所の刺し傷による失血死らしい。凶器は刃渡り十八センチ前後の片刃のナイフだという。現在、凶器はまだ発見されていない。また、犯人を目撃した者もいないようだ。犯人の遺留品は採取されなかったという。

やはり、プロの犯行だろう。

千本木は確信を深めた。煙草を足許に捨てたとき、チャコールグレイの上着の内ポケットでスマートフォンが振動した。マナーモードに切り替えてあった。

千本木は懐からスマートフォンを摑み出し、素早く耳に当てた。

発信者は安奈だった。

「折戸の同僚から、何か手がかりを得られたようだな」

「少しだけどね。折戸正明は孤独癖があったとかで、会社の人たちとはほとんど個人的なつき合いをしてなかったらしいの。同僚たちと飲みに行くことはなかったし、ゴルフや釣りの誘いも断ってたそうよ」

「それじゃ、職場には親しくしてた奴はいないんだろうな」

「ええ、そういう人はひとりもいなかったみたいね」

「で、折戸の仕事内容のことだが……」

千本木は先を促した。

「会社とカード契約してる首都圏のパチンコ店を一軒ずつ回って、プリペイドカードの利用度の調査をしてたらしいわ」

「それだけ？ 折戸は損保会社の調査部にいた人間だぜ。保険調査員たちは、保険金詐取（さしゅ）グループなんかを追ってる」

「ええ、そうね」

「おそらく折戸は、パチンコのプリペイドカードの変造組織を追ってたんだろう。それをマークした連中に覚（さと）られて、消されちまったんじゃないかな」

「その可能性はありそうね」

「これまでに刑法の有価証券変造容疑で摘発されたのは、イラン人やパキスタン人のグループが多いな」

「そうね。でも、最近は中国人グループや日本の暴力団なんかが中心になって、変造カードを生産してるみたいよ」

安奈が言った。

「変造の手口も調べてくれたかい？」

「ええ、調べたわ。従来の変造カードは消費度数を示す穴を埋めて、その上に新たに未使用の磁気データを被（かぶ）せるのが主流だったらしいの。でも、穴埋めを見破るカード受付機が普及したら、そういう変造カードは激減したんだって」

「そうなのか。いまの変造方法は？」

「変造犯たちは受付機がカードの穴の位置によって変造かどうか区別してるってことに気づいて、いま現在は使用済みカードの穴の部分を埋めるんじゃなく、穴の位置を本来の場所からずらしてるんだって」

「もう少し具体的に説明してくれないか。おれはプリペイドカードを使ってパチンコをしたことがないんだ」

千本木は言った。

「ごめんなさい。カードは五百円分ずつ消費し、度数が0になるまで数カ所に穴が開く仕組みになってるの」

「それで？」

「たとえば一万円券の場合、三千円分の消費まではどの時点でやめても、穴が同じ場所に一つしか開かないのよ」

「変造犯たちはカードのそういった性質を見抜いて、まず三千円分を消費するわけか」

「そうなの。その穴の部分は修正しないで、残り度数が本来七千円のところを九千五百円になるデータを乗せちゃうんだって」

「なるほどな。そのやり方なら、無制限に繰り返して使えるんだろう？」

「それだから、カードメーカー側は対抗手段が現時点ではないと判断して度数幅の大きい一万円券と五千円券の販売と使用を中止することになったの」

「よくわかったよ。カードの磁気ストライプを完全に読み取られないようにしない限り、変造はなくならないな」

「そうね」

安奈が相槌を打った。

「週刊誌で読んだんだが、パチンコに限らず、プリペイドカードの多くは使い捨てカイロの鉄粉をかけると、簡単に磁気ストライプが浮き上がるらしいじゃないか」

「実際、単純な造りのカードは細かい砂鉄を振り掛けると、バーコードのような磁気ストライプが肉眼で見えるの」

「実験したんだ？」

「ええ。放送記者が好奇心を失っちゃったら、おしまいでしょ？」

「まあね。カードもそうだが、受付機の磁気ストライプを読み書きするカードリーダーって装置にも一工夫しないとな」

「基本的には公衆電話に使われてるカードリーダーと同じだって言うんだから、とても無防備よね。秋葉原のパーツ店で、公衆電話から外したカードリーダーが一台二万五千円前後で売られてるらしいの。それに、パチンコのカード受付機の大量盗難事件も数カ月前に富山県内の大型パチンコ店で起こったしね」

「そういえば、そんな事件があったな」

千本木はスマートフォンを反対側の耳に移した。

「そうそう、肝心なことが後回しになっちゃったわ。折戸正明は早明大学法学部出身で、在学中は杉並区内にある親許から通学してたそうよ」

「それじゃ、おれは大学の先輩にでもなりすまそう」

「そうね。奥さんは深雪という名前で、ちょうど三十歳よ。子供はいないの」

「そう。それぐらいの予備知識があれば、なんとか怪しまれないだろう」

「うまくやってね」

「ああ」

「陰謀が透けてきたら、例によって、首謀者を痛めつけるんでしょ?」

安奈が確かめる口調で訊いた。彼女は、千本木の裏稼業を知っていた。それどころか、協力者のひとりだった。

安奈が中学生のころ、大蔵(現・財務)官僚だった母方の伯父が内部告発しかけて、不審な死に方をしている。他殺の疑いが濃かったが、警察は事故死と断定した。おそらく誰かが真相を暴かれることを恐れたのだろう。

そういうことが身近に起こったせいか、安奈は法に限界があることを痛感させられたようだ。それで、千本木のアナーキーな考え方にシンパシーを感じているのだろう。

「救いようのない黒幕だったら、丸裸にして、とことん屈辱感を味わわせてやるよ」

「わたしに手伝えることがあったら、いつでも声をかけて」

「ありがとう。それにしても、きみはタフだな。昨夜は三時間も寝てないはずだぞ」

「創さんが寝かせてくれなかったんでしょ？」

「おい、おい！　三ラウンドも求めたのは、きみだっただろうが」

「だって、あなた、上手なんだもの。体が火照りっ放しで、とても眠れそうもなかったのよ。だから、つい何度もおねだりしちゃったの。さすがに、全身の筋肉があちこち痛いわ」

「それだったら、おれのマンションから関東テレビに直行すればよかったじゃないか」

「きのうと同じ服装だったら、わたしが外泊したこと、バレバレでしょ？　だから、朝早く自分のマンションに戻ってから出勤したわけ」

「ご苦労さんだな」

千本木は小さく笑った。安奈の実家は世田谷区の上野毛にあるが、彼女は恵比寿のマンションで独り暮らしをしていた。

「今夜は早めにマンションに帰って、少し睡眠をとらなくちゃ。お肌の曲がり角はとっくに過ぎてるから、気をつけないとね」

「肌の荒れはともかく、今夜は早目に寝るんだな。情報、役に立ちそうだよ。それじゃ、また！」

千本木はスマートフォンを上着の内ポケットに突っ込んだ。

いつの間にか、読経の声は熄んでいた。

千本木は折戸家の門扉に歩み寄った。立ち止まったとき、家の中から五十歳前後の僧侶が出てきた。どうやら帰るらしい。

見送りの女は二十四、五歳だった。故人の縁者だろう。黒っぽいスーツを着ている。

僧侶が遠のいた。千本木は、玄関先に立った女に話しかけた。

「失礼ですが、亡くなった折戸君のお身内の方でしょうか」

「はい、折戸正明の義理の妹です」

「というと、深雪さんの妹さんですね」

「ええ、そうです。あのう、どちらさまでしょうか？」

「折戸君の知り合いです。彼とは大学が同じなんですよ。といっても、こちらが二年先輩なんですがね」

「そうでしたか。失礼ですが、お名前は？」

故人の義妹が遠慮がちに問いかけてきた。

千本木は少し考えてから、中村一郎という偽名を騙った。

「義兄のことは、新聞かテレビのニュースでお知りになったのでしょうか？」

「テレビニュースで訃報を知りました。お悔み申し上げます。折戸君とは学生時代の数年間のつき合いでしたが、いろいろ世話になったんですよ」

「そうですか」

「仮通夜に押しかけるのは厚かましいかとも思ったんですが、じっとしていられなくてね。ご迷惑じゃなければ、焼香させてもらえませんか」

「どうぞお入りください。故人も喜ぶと思います」

深雪の妹が玄関ドアを大きく開いた。

玄関ホールの右手の部屋から、女の嗚咽（おえつ）が洩（も）れてきた。千本木は玄関に入り、靴を脱いだ。故人の義妹に導かれて、遺体の安置されている部屋に入る。

リビングらしい部屋の窓側に、柩（ひつぎ）と遺影があった。花と供物（くもつ）も見える。小さな祭壇の前には、未亡人らしい三十年配の女が正坐していた。黒のワンピース姿だった。

彼女と向き合う位置に、故人の親類らしい男女が十人ほど坐っている。その大半は涙ぐんでいた。

折戸の義妹が深雪らしい女に歩み寄り、何か耳打ちした。

すると、ワンピースの女が千本木に会釈（えしゃく）した。

千本木は一礼し、女の前に進み出た。両膝をついて、型通りの悔みの言葉を述べる。

挨拶（あいさつ）し終えると、女が口を開いた。

「いま、妹から話は聞きました。折戸の妻の深雪です。お忙しいところをわざわざ申し訳ありません」

「いいえ。ご主人がこんなことになるなんて……」

千本木は言いながら、白布の掛かった小さな祭壇の前にぬかずいた。

遺影は白百合に囲まれている。写真の中の折戸は、いかにも愉しげに笑っていた。

その笑顔が弔い客たちの悲しみを誘うのだろう。泣き声に、泣き声が重なった。

千本木は香炉に手を伸ばした。

抓み取った香を火にくべ、両手を合わせる。合掌を解いたとき、かたわらにいる深雪が静かに立ち上がった。

「折戸の顔を見てやってください。胸やお腹を五カ所も深く刺されたのに、顔は実に穏やかなんです」

「それが、せめてもの慰めでしょうね」

千本木は立ち上がった。

深雪が片腕を伸ばし、柩の上部にある小さな両開きの扉を開けた。千本木は覗き窓越しに死者の顔を見た。

深雪が言ったように、穏やかな死顔だった。まるで眠っているようだ。

「病死なら諦めもつくんでしょうが、こんな形で人生を終わらされるなんてね」

「ええ、とても悔しい気持ちです」

「奥さん、わたしは法律事務所の依頼で調査関係の仕事をしてるんですよ。何かのお役に立てるかもしれませんので、折戸君の生前のことを少し聞かせていただけませんか」

千本木は頼み込んだ。

「いまでしょうか？」

「ええ。お手間は取らせません。強引なお願いですが、何とか……」

「わかりました。別の部屋で、お話をさせてもらいます」

深雪が小声で言い、先に部屋を出た。千本木は彼女の後(あと)に従った。

案内されたのは奥の和室だった。床の間付きの八畳間である。

二人は座卓を挟んで向かい合った。

折戸深雪は、どこか愁(うれ)いを帯びた日本的な美人だ。切れ長の目は、なんとも色っぽかった。典型的な瓜実顔(うりざねがお)で、肌は抜けるように白い。

「警察は、まだ犯人の目星もつけてないようですね？」

千本木は確かめた。

「ええ。遺留品が見当たらないそうですし、目撃者もいないということで、捜査が難航するかもしれないと捜査員の方に言われました」

「そうですか。折戸君がいまの会社に移られたあたりのことから話をうかがいたいんですが、前の職場で何かありました？」

「主人は損保会社の調査部で働いてたんですが、関西の暴力団員崩れたちで構成されてる悪質な当たり屋グループの保険金の不正請求をことごとく突っ撥ねたことで、彼らにさまざまな厭がらせをされるようになったんです」

「どんな厭がらせをされたんですか？」

「主人宛に犬の生首の入った小包や拳銃の実弾が届けられたり、ここにも深夜に何十回も不気味な無言電話がかかってきました」

「その当たり屋グループの名前は？」

「グループ名はわかりません。ただ、岩佐徹とかいう三十七、八歳の五分刈り頭の男がボスのようです。その男が一度、ここに押しかけてきたことがありました」

「そいつは、名刺を置いていかなかったのかな」

「はい、氏名を名乗っただけでしたね」

深雪が答えて、こころもち伏し目になった。泣き腫らした顔をまともに見られたくないのだろう。

　会話が中断したとき、深雪の妹が二人分の清涼飲料水を運んできた。

「どうかお構いなく。すぐに失礼しますんで」

千本木は深雪と妹を等分に見ながら、恐縮してみせた。

深雪の妹は、ほどなく下がった。千本木は深雪に断って、煙草に火を点けた。座卓には、有田焼の灰皿が置いてあった。

「そんなことがあって、折戸は前の会社を辞めてしまったんです。主人は気の小さいところがありましたので、怕くなったんでしょうね」

「その後、当たり屋グループの厭がらせは？」

「ありません」

「いまのカード発行会社に移ったのは、誰かの紹介か何かだったんですか？」

「いいえ。新聞の求人広告を見て、面接を受けに行ったんです。以前の会社が損保会社の大手だったからでしょうか、すぐに再就職できました」

深雪が言って、ほっそりとした白い手でゴブレットを持ち上げた。中身は乳白色の飲料水だった。

「新しい会社でも調査関係の仕事をしてたようですね」

「ええ。詳しいことはわかりませんけど、パチンコのプリペイドカードの利用具合を調べていたようです。首都圏の契約店をあちこち回ってたみたいです」

「そういえば、折戸君の会社は変造カードによって、五百億円もの損害を出したようですね」

「新聞発表では、その程度の損害額になってますけど、実際には八百億円近い損失を出してしまったそうです」

「そりゃ、大変だ」

千本木は煙草の火を消し、清涼飲料水で喉を潤した。

「それで経営が傾いて、役員たちは頭を抱えてるようです。親会社の五菱物産の重役の中には、この際、子会社のカードメーカーを整理すべきだと主張する方も出てきてるらしいんです」

「そうですか。奥さん、折戸君がパチンコのプリペイドカードの変造団を突きとめようとしてたとは考えられませんかね」

「そのあたりのことはよくわかりませんけど、折戸は何かを探ってたようです」

「何かって？」

「それがはっきりしないんですよ。変造カードのことだったのか、それとも別の何かだったのか」

「最近、折戸君に何か変わったことはありませんでした？」

「五日前の夜のことですけど、主人は無灯火の四輪駆動車に轢き殺されそうになったと言って、怯えた様子で帰ってきました」

「そのときの話を折戸君は、あなたに詳しく話したのかな」

「いいえ、細かいことは何も言いませんでした」

深雪が首を横に振りながら、呟くように答えた。

「折戸君、日記をつけてませんでした？」

「日記は書いてませんでした。もともと筆不精なほうでしたので」

「そういえば、そうだったな」

千本木は話を合わせた。

「パソコンは少しいじってましたが、ＵＳＢメモリーに登録してあったのは住所録の類だけでした」

「そうですか。折戸君は、いったい何を探ってたのかな。それがわかれば、犯人を捜す手がかりになると思うんですよ」

「そうかもしれませんね」

「わたしなりに、少し調べてみるつもりです。といっても、素人探偵にはたいしたことはできないでしょうが」

「危険なことは、おやめになってくださいね。時間はかかるかもしれませんけど、いずれ警察が犯人を捕まえてくれるでしょうから」

深雪が言った。

「無茶をやれるほど若くはありませんよ。それはそうと、明日の告別式は何時からなんでしょう?」

「午前十時からの予定です」

「そうですか。今夜は慌ててたんで、香典の用意もしてこなかったんですよ。明日は何か供物と一緒に……」

「そういうお気遣いはなさらないでください」

「はあ。急に無理なお願いをして、申し訳ありませんでした」

千本木は詫びて腰を浮かせた。

深雪も立ち上がった。二人は部屋を出た。千本木は玄関に足を向けた。深雪が玄関口まで見送ってくれた。

元刑事のはぐれ者に情報を集めてもらわないと、動きようがなさそうだ。

千本木は親しい飲み友達のニヒルな顔を脳裏に浮かべながら、靴に足を突っ込んだ。

3

尾行されているようだ。

千本木は気持ちを引き締めた。

サーブは厚木街道の少し手前まで達していた。折戸家を辞去して、まだ十分も経っていない。後続の黒いメルセデス・ベンツは折戸の家の近くから、ずっと追尾(ついび)してくる。

千本木は時速六十キロ前後で車を走らせていた。追い抜く気があれば、幾度もチャンスはあっただろう。しかし、気になるベンツは決してサーブを追い越そうとしなかった。

千本木は減速し、ミラーを仰(あお)いだ。

ベンツには二つの人影が見える。どちらも男のようだが、顔かたちは判然としない。

高級外車のシールドには遮光幕(しゃこうまく)が張ってあった。暴力団関係者の車と思われる。

ベンツをどこかに誘い込んで、二人組の正体を突きとめることにした。

千本木は少しずつアクセルを踏み込んでいった。

後続の黒いドイツ車も、すぐに加速した。尾(つ)けられていることは、もはや間違いない。

少し走ると、厚木街道にぶつかった。

国道二四六号線だ。大山(おおやま)街道とも呼ばれている。

千本木は左のウインカーを灯(とも)した。すぐにベンツが倣(なら)った。車間距離は二十メートルもなかった。左折し、溝口(みぞのくち)方面に進む。怪しいベンツは執拗(しつよう)に追ってきた。

多摩川の河川敷(かせんしき)に誘い込む予定だ。

千本木は車を直進させ、新二子橋の袂(たもと)で左に曲がった。多摩川の土堤(どて)だ。右手の川面は暗くて、よく見えない。

千本木は登戸方向に車を走らせた。

対向車は、めったに通りかからない。闇の奥に灯火が霞んでいる。

ベンツは追走してきた。

いつの間にか、だいぶ車間距離が詰まっていた。もう十数メートルしか離れていない。

土堤を五、六百メートル走ったとき、不意にベンツのエンジン音が高くなった。

ヘッドライトの光がサーブの車内を明るませた。

ほとんど同時に、リア・バンパーが鳴った。

着弾音だろう。銃声は聞こえなかった。

千本木はルームミラーとドアミラーを素早く覗いた。

ベンツの助手席のパワーウインドーが下がっている。黒いキャップを被った男が窓から半身を乗り出し、筒状の消音器を嚙ませた黒い自動拳銃を握っていた。拳銃の型まではわからない。

サイレンサーの先から、点のような赤い光が零れた。銃口炎だ。

すぐに銃弾が左の車体を掠めた。飛び道具にはかなわない。弾切れになるまで逃げ回るほかなかった。

千本木は上体を屈め、一気にスピードを上げた。

みるみる車間が拡がった。慌ててベンツも加速した。

三弾目が放たれた。

銃弾は空を撃ち抜いただけだった。ベンツに乗っている男たちは、折戸を始末した犯人の仲間のようだ。

なぜ、自分に銃口を向けてきたのか。折戸が連中の秘密を、こちらに話したと勘違いしているのかもしれない。

千本木はステアリングを操りながら、自問自答した。

運転免許を取得したのは十八歳のときだった。すでにベテラン・ドライバーの域に達していると言えるのではないか。多少の動揺があっても、ハンドルの操作ミスをするようなことはない。

千本木は、さらにアクセルを深く踏み込んだ。

前方に大型保冷車が見えた。千本木は対向車がないことを目で確かめ、一気に保冷車を追い抜く。ウインカーは点滅させなかった。

保冷車の運転手が長くホーンを響かせた。抗議のサインだ。

「緊急事態なんだ。勘弁してくれ」

千本木は声に出して呟き、そのまま車を疾駆させた。

対岸の砧浄水場の灯が後方に流れ去り、前方に東名高速道路の照明が見えてきた。ベンツも大型保冷車を追い越し、猛然と追跡してくる。

残弾は何発なのか。

拳銃の種類がわかれば、装弾数の見当はつく。複列式弾倉でも、フルで十五、六弾しか入らない。

千本木は拳銃には精しかった。

実射経験も豊かだ。検事時代には、ロサンゼルスやハワイの射撃場にわざわざ出かけ、終日、各種の拳銃を撃ちまくった。腕が痺れるほど撃つと、気分がすっきりする。射撃はストレス解消の一つだった。

ハイウェイの下を潜り抜けると、また追っ手が銃弾をぶっ放しはじめた。

四弾目と五弾目は、たてつづけに発射された。だが、二発とも的から大きく逸れていた。

マガジンが複列式でなければ、あと数発しか残っていないだろう。もっとも、予備の弾倉を持っているとも考えられるから、こちらから迂闊に仕掛けるわけにはいかない。

千本木は、もどかしかった。

一刻も早くベンツの男たちをぶちのめし、正体を知りたい。銃器さえなければ、すぐにもハーフスピンをかけて、ベンツの走行を阻みたかった。

たとえ相手が刃物や木刀を持っていても、怯むようなことはない。現に、これまで幾度も修羅場を潜ってきた。

何度か危ない思いをしたが、いつもどうにか切り抜けてきた。そうした積み重ねが千本木の勇気を支えていた。

といっても、むやみに腕力で相手を捩伏せるようなことはしない。基本的には、自分に牙を剝いた者たちや邪悪な企みを抱いている人間たちだけを痛めつける主義だった。宿河原の町外れに差しかかると、装飾電球に彩られたコンテナトラックが道路を塞ぐ形で横向きに停まっていた。ベンツの男たちの仲間だろう。

行く手を封じて、後ろから銃弾を浴びせる気らしい。

千本木はスピードを緩めなかった。

それどころか、逆に加速した。コンテナトラックの近くに見える二つの人影が慌てて左右に散る。

千本木は薄く笑って、コンテナトラックの少し手前でスピンをかけた。

サーブのタイヤが軋み、車首が逆向きになった。ベンツとは向き合う形になった。

後ろで男たちの喚き声がした。

男のひとりが黒っぽい塊を投げつけてきた。手榴弾のようだ。

千本木は車を急発進させた。

いくらも走らないうちに、後方で凄まじい炸裂音が轟いた。千本木はミラーに目をやった。橙色を帯びた赤い火が見えた。爆煙がゆっくりと拡散していく。

千本木はサーブをベンツのほぼ正面に進め、そのまま逆走しはじめた。際どい勝負に出たのは、それなりの勝算があったからだ。捨て身の戦法に出られると、並の人間は一種のパニックに陥る。

案の定、ベンツのドライバーは急ブレーキをかけた。助手席に坐った男も、発砲する余裕を失っていた。

立ち往生したベンツを躱し、千本木は来た道を引き返しはじめた。

ミラーを見上げると、ベンツが車首を切り替えしかけていた。まだ追ってくる気らしい。

しぶとい連中だ。

千本木は小さく肩を竦め、サーブを突っ走らせた。

ベンツが追ってくる。弾切れになるまで、男たちを翻弄するつもりだった。

少し経つと、また銃弾が飛んできた。トランクの真下で、かすかな金属音がした。

タイヤを撃ち抜かれたのか。

千本木は一瞬、ひやりとした。

しかし、タイヤに異変は感じられない。放たれた弾丸は、マフラーのどこかに軽く当たっただけだったのだろう。

十数秒の間を置いて、また銃弾が放たれた。

それは屋根（ルーフ）のだいぶ上を抜けたようだ。かすかな着弾音もしなかった。

それきり、追っ手は撃ってこない。ようやく弾倉が空になったのか。あるいは、予備のマガジンを銃把（グリップ）に叩（たた）き込んでいる最中なのだろうか。

千本木は急がなかった。

数分、様子をうかがうことにした。いくらか減速したが、やはり発砲してこない。どうやら弾が切れたようだ。

男たちを締め上げる気になった。

千本木は宿河原の外れで、土堤から河川敷に通じる道に車を乗り入れた。斜面をゆっくりと下（くだ）る。河川敷には、人っ子ひとりいなかった。ところどころに雑草が生い繁っている。千本木は平らな場所にサーブを停め、手早くエンジンを切った。ヘッドライトも消す。

黒いベンツが土堤の斜面を滑り降りてきた。

千本木は素早く車を降りた。姿勢を低くして、近くの繁みまで走る。そのまま数十メートル、繁みの中を横に歩いた。

ベンツが河川敷に降り、低速で近づいてくる。停まったのはサーブの近くだった。運転席と助手席のドアがほぼ同時に開き、二人の男が外に出た。

闇が濃い。

男たちの年恰好はわからなかった。体の動きは若々しい。多分、二十代の後半だろう。

二人は千本木の車に駆け寄り、中を覗き込んだ。

片方の男がライターを鳴らした。揺れる炎が二人の姿を浮き上がらせた。

どちらも堅気ではなさそうだ。ライターを持った男は剃髪頭だった。三十歳前後と思われる。

ワインカラーのダブルブレストの背広を着ていた。胸許には、ゴールドのネックレスが光っている。がっしりとした体つきで、割に上背もあった。百七十五センチ前後はありそうだ。

もうひとりの男は痩身だった。中背だ。

馬面で、顎がしゃくれている。三十四、五歳だろうか。黒っぽいスーツをまとっていた。

ライターの炎が急に消えた。

頭髪をつるつるに剃り上げた男が何か低く呟いた。ライターが熱くなったのだろう。

千本木は、じっと動かなかった。

二人の男が左右に分かれた。右手に回ったのは剃髪頭の男だった。馬面の痩せこけた男が暗がりを覗き込みながら、ゆっくりと千本木の方に近づいてくる。

兄貴分らしい男から、肩の関節を外すことにした。

千本木は、いつでも躍りかかれる姿勢をとった。

ちょうどそのとき、土堤の上で急に鋭いサイレンの音がした。パトカーのサイレンだった。

二人の男がうろたえ、何か言い交わした。さっきの手榴弾の炸裂音を聞いて、住民の誰かが一一〇番したらしい。

千本木は舌打ちした。

二人の男が声をかけ合って、川に向かって走りだした。どうやら多摩川を突っ切って、対岸に逃げる気になったようだ。

追うべきか。それとも、ベンツの車検証を見るべきか。

千本木は迷った。ベンツが盗んだものだったら、男たちの正体を探る手がかりは得られない。

千本木は二人を追った。

男たちは千本木の姿を見ても、立ち止まろうとしなかった。ひとまず警察の目から逃れたいらしい。千本木は速力を上げた。

しかし、二人組は驚くほど足が速かった。草食獣のように軽やかに河川敷を駆け、そのまま多摩川の中に入った。浅瀬を走り、深みで泳ぎはじめた。

どちらも抜き手だった。ほとんど水飛沫をあげない。二人とも泳ぎは達者だった。

少し経つと、男たちの姿は闇に紛れた。

千本木は忌々しかったが、追うのを諦めた。身を翻し、ベンツのある場所に舞い戻った。ベンツの助手席のドアを開け、グローブボックスを開ける。

千本木は手探りで、ボックスから車検証を取り出した。

そのとき、土堤の上からメタリックグレイのプリウスが降りてきた。覆面パトカーだ。赤色灯は瞬いていたが、サイレンのスイッチは切ってあった。

千本木は車検証を腰の後ろのベルトに挟んで、上着の前ボタンを掛けた。

プリウスがベンツのすぐ後ろに停止した。ヘッドライトの光が眩しい。千本木は額に小手を翳した。

覆面パトカーから、二人の刑事が飛び出してきた。

四十代半ばと三十歳前後のコンビだ。若いほうの刑事が言った。

「われわれは原宿署の者です。ベンツに乗ってた二人組は、どっちに逃げました？」

「川の中に入ったようですよ。向こう岸に逃げるつもりなんだろう」

千本木は答えた。

若い刑事が、あたふたと覆面パトカーに戻った。無線連絡をとるのだろう。

「原宿署の方が、なぜ彼らを追ってるんです？」

千本木は中年の刑事に訊いた。

「逃げた二人組が折戸さん宅の近くにいたんで、ベンツのナンバー照会をしたところ、きのうの午後に北区内で盗まれた車と判明したんですよ」

「あいつらは何者なんです？」

「わかりません。折戸さんの仮通夜の様子をうかがってたようなんで、ちょっと洗ってみる気になったわけです」

「そうだったんですか」

「申し遅れましたが、田浦といいます。相棒は鳥居です。あなたは千本木創さんですね？」

「こちらの名を知ってるとは驚きだな」

「刑事は、なんでも一応疑ってみるのが仕事ですんでね」

田浦が意味ありげな笑いを浮かべた。

「どういう意味なんです？」

「昨夜の通報者の指紋が、亡くなった折戸正明さんのバックルに付着してたことに少し引っかかるものを……」

「その指紋は、折戸さんに抱きつかれたときに付いたんでしょう。まさかこっちを疑ってるんじゃないだろうな」

「あなたが折戸さんを刺したとは思ってはいません。ただ、ちょっと指紋が気になっただけですよ。それから……」

「それから、何なんです？」

千本木は、暗い顔つきの中年刑事を見据えた。

「言いましょう。単なる事件通報者にすぎない千本木さんが、なぜ折戸さんの仮通夜に顔を出したのか。そのことも、どうも気になりましてね」

「折戸さんは、わたしの目の前で息を引き取ったんです。奇妙な巡り合わせに少し感傷的な気分になって、なんとなく焼香させてもらう気になっただけですよ」

「そうなんですか。それだけだったら、何も折戸深雪さんに偽名を使うこともなかったんじゃありませんか。わざわざ被害者の大学の先輩になりすます必要もないでしょう？」

田浦が、また歪な笑みを浮かべた。千本木は内心の狼狽を隠し、努めて平静に言い繕った。

「事実を奥さんに喋ったら、新たな悲しみを誘うじゃないですか。なにしろ、折戸さんの最期を見届けたのはわたしですからね」

「まあ、そのことはいいでしょう。奥さんに、いろいろ折戸さんのことを訊かれたそうだが、それはどうしてなんです？」

田浦の目つきが鋭くなった。

「さっきも言ったように、折戸さんとは奇妙な巡り合わせだったから、ちょっと素人探偵の真似事をする気になったわけですよ」

「なるほどね。そういえば、二年前まで千本木さんは東京地検の特捜部にいらしたんだな。しかし、ちょっとした間違いをして、懲戒処分にされた」

「おれの前歴を洗って、どうする気なんだっ」

千本木は声を荒らげた。

「あなたは激昂しやすいタイプなんですね。それだから、つまらない傷害でエリートコースから足を踏み外してしまったんでしょう」

「どう生きようが、おれの勝手だろうが！」

「そう興奮しないでくださいよ。別に、あなたを被疑者扱いしてるわけじゃないんですから」

「それだったら、軽々しく指紋のことなんか口にしてほしくないな」

「確かに、その点は少し軽率でした。謝ります。ご勘弁願います」

田浦がそう言い、ばか丁寧に頭を垂れた。しかし、少しも誠意は感じられなかった。

この刑事は、ちょっと癖がありそうだ。これからは少し慎重に動こう。

千本木は陰気な刑事を睨みつけながら、胸底で呟いた。

「ところで、ベンツの男たちはなぜ千本木さんを追ってたんです？　何か心当たりがあるんじゃありませんか」

「そんなものはない。奴らが尾行してきたんで、おれはただ振り切ろうとしただけだよ」

「それにしては、あまり怯えてませんね。ここに奴らを誘い込んで、何か吐かせるつもりだったんじゃないんですか？」

田浦がにやついて、下から掬い上げるように千本木の顔を見た。

「おれは追っかけられて、ここに逃げ込んだだけさ」

「そうですか」

「おれのことより、逃げた二人組と奴らの仲間を早く取っ捕まえてほしいな。連中のひとりが手榴弾を投げつけてきたんだ」

「もう無線で応援を要請しましたから、コンテナトラックで逃げた奴らは間もなく確保できるでしょう」

「もう帰っていいね？」

「ええ、どうぞ」

「おれをもう尾けないでくれ」

千本木は言い捨て、自分の車に大股で歩み寄った。

運転席に入り、すぐさまエンジンを始動させた。ヘッドライトを点け、サーブをスタートさせる。

千本木は大きくUターンし、ベンツと覆面パトカーの横を抜けた。どういうつもりなのか、田浦は片手を大きく振った。

千本木はアクセルを踏み込み、斜面を一気に登った。土堤に出ると、厚木街道に向かった。

ベンツの車検証は指紋をきれいに拭ってから、どこかに捨てることにした。

千本木はカーライターを押し込み、スピードを上げた。少し道草を喰ってしまったが、予定通りに飲み友達を訪ねるつもりだ。

4

エレベーターが停まった。

十階だった。赤坂七丁目にある雑居ビルだ。

千本木はホールに降りた。

違法カジノ『ドリーム』は、奥まった場所にある。むろん、軒灯の類はない。環境保護団体の名が、もっともらしく掲げられているだけだ。

飲み友達の日暮克彦は、違法カジノの雇われ店長だった。用心棒も兼ねていた。

三十四歳の日暮は三年前まで、警視庁捜査一課の敏腕刑事だった。

しかし、罪を犯し、前科者になってしまった。日暮は生まれつき心臓に欠陥のあるひとり息子の手術費用欲しさに、高級コールガールを絞殺した大物財界人の長男を国外逃亡させ、罪に問われたのだ。

日暮の罪を暴いたのは年上の同僚刑事だった。日暮はノンキャリア組ながら、二十九歳で警部の職階を得ていた。年上の同僚は日暮よりも六つ年上だったが、まだ警部補だった。

逮捕された日暮は潔く自分の罪を認め、一年七カ月の実刑判決を受け入れた。服役中に息子は死に、妻も彼の許を去っていった。

千本木は、学生時代に一つ年下の日暮の名を知っていた。

日暮は大学一年のときからハードパンチャーとして鳴らし、卒業するまでの四年間、バンタム級の学生チャンピオンとして王座を護り抜いた。ちょっとしたスターだった。プロ入りを勧める者も少なくなかった。

しかし、日暮は大学を卒業すると、警視庁採用の一般警察官になった。

千本木は五年前に仕事で初めて日暮と接触した。年齢が近いからか、初対面から妙に気があった。それ以来、ちょくちょく酒を酌み交わしてきた。日暮は千本木の裏稼業の協力者でもある。

千本木は、違法カジノまでゆっくりと歩いた。

店の出入口は二重扉になっていた。最初のスチールドアは施錠されていない。しかし、二枚目の重厚な木製扉は堅く閉ざされていた。そのドアの斜め上に、監視カメラが設置されている。

千本木は監視カメラを見上げながら、インターフォンを鳴らした。待つほどもなくドアが開けられ、黒服の若い男がにこやかに言った。

「いらっしゃいませ」

「店長はいるよな？」

「はい。カウンター席におります」

「そう」

千本木は店の中に入った。

オスカー・ピーターソンのジャズナンバーが低く流れている。ちょうどピアノソロだった。店の中央に楕円形のカードテーブルと円形のルーレット台が、それぞれ五卓ずつ置かれている。黒いタキシード姿のディーラーは、若い男女ばかりだ。日本人だけではない。白人の男性ディーラーが二人、女性ディーラーがひとりいた。ブレンダという名のアメリカ人女性ディーラーは、日暮と同棲していた。彼女は二十六歳で、元ファッションモデルだ。栗毛で、瞳は澄んだブルーである。

客は二十人前後いた。

中高年の男性客が目立つ。一流商社マン、テレビ局員、医者、公認会計士、中小企業のオーナーなどが多いらしい。会員制の違法カジノだった。

店の右側には、L字形のカウンターがある。初老のバーテンダーの後ろの酒棚には、各種の洋酒がびっしりと並んでいた。

客はルーレットやバカラで熱くなった頭を冷やすため、カウンターでグラスを傾けているようだ。酒やオードブルは、すべて店のサービスだった。

日暮はカウンターの左端で、いつものようにブッカーズのロックを傾けていた。元刑事は、なぜかバーボン・ウイスキーしか飲まない。

「よう！」

千本木は日暮の肩を叩いた。

日暮が振り向き、苦みばしった顔を少し和ませた。彫りの深い面立ちで、どことなくシベリアン・ハスキーに似ている。

「今夜も繁盛してるようだな」

千本木は、日暮のかたわらに腰かけた。

バーテンダーが心得顔で、酒棚からバランタインの十七年物のボトルを摑み上げた。

いつも千本木は、この店ではスコッチの水割りを飲んでいた。

「売上は右肩上がりなんですが、オーナーがしっかり者だから、こっちはずっと同じ待遇なんですよ」

日暮が、ぼやいた。

店のオーナーは関西の事業家だった。百円ショップを全国に八十数店舗も持ち、貸ビル、レストラン、キャバクラなどを手広く経営している。

「しかし、こうして酒を飲んでるだけで、月に二百万円近い給料が貰えるんだから、悪くない仕事じゃないか」

「ええ、まあね。しかし、手入れがありゃ、こっちが引っ張られるわけです。そう割がいいわけでもないでしょ？」

「それもそうだな。もっとも赤坂署の生活安全課長には鼻薬をきかせてるんだろうから、そっちが手錠打たれることはないと思うが」

「そいつは、わからないな。内部告発ってやつもありますからね」

「そうか。昔、日暮ちゃんは苦い思いをしてるからな」

千本木は煙草をくわえた。火を点けたとき、スコッチの水割りが目の前に置かれた。オードブルは、スモークドサーモンだった。オニオンのほかに、キャビアが添えられている。

「千本木さん、今夜は単に気晴らしにここに来たんじゃないんでしょ?」

日暮が正面を向いたまま、低く言った。

「鋭いな」

「今度は誰を潰す気になったんです?」

「まだ、そいつの顔が見えてこないんだよ。で、ちょいと日暮ちゃんに情報集めを頼みたいと思ってな」

千本木はスコッチの水割りを半分近く呷った。

「やっぱり、そうか。それにしても、千本木さんは気持ちが若いな。悪党どもを裁いても、この世から悪事が消えるわけじゃない。薄汚い人間は、次から次に現われるはずですからね」

「確かにな。青っぽい正義感だけじゃ、おれの裏の仕事はつづけられないだろう。どうしたって、虚しくなるからな」

「でしょうね」

「しかし、おれは一種の遊びと考えてるんだよ」

「そう考えりゃ、スリリングな遊びだな。なるほど、遊びか」

日暮が感心したような口ぶりで言った。

「自分の遊びに他人を巻き込むのはどうかとも思うが、そっちなら、一緒につき合ってくれるだろうと甘えてきたんだ。しかし、もし迷惑なら、断ってくれてもいいんだぜ」

「別に迷惑なんかしてませんよ。おれ自身も、けっこう愉しんでるんです」

「だったら、協力してもらえるか？」

千本木は問いかけた。

「ええ、もちろん！　悪人狩りは面白いですからね」

「それじゃ、さっそく……」

「話は奥の事務室でうかがいましょう」

日暮がそう言い、バーテンダーに二人の酒とオードブルを事務室に運んでくれるよう頼んだ。

二人は相前後して、スツールから腰を浮かせた。奥にある事務室に足を向ける。

ルーレット台に目を向けると、ブレンダがにっこりと笑いかけてきた。千本木は軽く手を挙げ、アメリカ人女性ディーラーに笑い返した。

「彼女と一緒に暮らすようになって、そろそろ一年になるんじゃないか？」

「そうですね」

「どうするんだい？　ブレンダは、そっちにぞっこんのようだが」

「いまはね。しかし、男と女のことはなるようにしかならないでしょ？」

日暮が乾いた声で言った。

「まあな」

「おれたちのことより、千本木さんこそ、安奈ちゃんとそろそろ結婚したほうがいいんじゃないんですか」

「おれは、ひとりの女じゃ満足できない男だから、おそらく死ぬまで独身でいるだろう」

「子供が欲しくなけりゃ、男も女も結婚なんかすべきじゃないのかもしれないな」

「そいつは正解だと思うよ、多分ね」

千本木は口を結んだ。ふと日暮の別れた妻のことが頭を掠めた。

無口な女だったが、芯は強そうだった。彼女はどこで、どう暮らしているのか。気になったが、そのことを訊くのはためらわれた。

二人は事務室に入った。

スチールデスクが二卓あり、その横に総革張りの赤茶の応接セットが置かれている。
十二、三畳のスペースだった。

二人はソファセットに坐った。

向かい合う形だった。黒服の若い従業員が酒と肴（さかな）を運んできた。ロックと水割りは、作り直されていた。黒服の男が事務室を出ていった。

千本木は昨夜の出来事をつぶさに語り、その後のことも話した。

「その岩佐徹って当たり屋グループのボスは前科（ホシ）をしょってるでしょうから、すぐに情報は摑めるでしょう」

日暮が言って、マルボロに火を点けた。警視庁組織犯罪対策部第四課に、彼が現職時代に面倒を見ていた暴力団係の若い刑事がいる。

「岩佐の家（ヤサ）までわかると、こっちは助かるな」

「調べさせましょう。しかし、殺された折戸正明が当たり屋グループに厭（いや）がらせをされてたのは前の会社にいたときの話ですよね？」

「そう」

「だとしたら、今度の事件（ヤマ）には岩佐は絡んでなさそうだな」

「ああ、おそらくね。しかし、念のため、一応、岩佐って奴のことも洗っておきたいんだ」

千本木はフォークでキャビアの載（の）ったスモークドサーモンを掬（すく）い上げ、口の中に放り込んだ。悪くない組み合わせだった。

「盗んだ黒いベンツで千本木さんを尾けてた奴らは、おおかたどっかの組の者でしょう」

「そいつは間違いないだろう。奴らは、折戸が写真か録音音声の類を誰かに預けたと思ってるんじゃないかな」

「連中は、千本木さんが折戸から写真か録音音声データを預かったと思い込んでるようなんですか」

「あるいは、折戸が奴らの雇い主の弱みをおれに話したと勘違いしてるんだろうな。だから、おれを消そうとしたと思われる」

「そうなんでしょう。話の流れから推測すると、折戸はプリペイドカードの変造組織を追ってたようだな」

日暮が短くなった煙草の火を消し、バーボンのロックを啜った。

「そう考えるのが自然だろう。ただ、折戸は職場の同僚たちとはあまりつき合いがなかったようだから、これといった手がかりは得られないかもしれないんだ」

「警察学校で同期だった奴が原宿署の刑事課にいるから、そいつに探りを入れてみるか」

「よろしく頼むよ」

千本木は軽く頭を下げ、スコッチの水割りを傾けた。

「原宿署には、きのうのうちに帳場が立ったでしょうから、そろそろ新たな手がかりを摑んでるかもしれない」

日暮が呟いた。

帳場が立つというのは、警視庁や道府県の警察本部が事件の発生した所轄署に捜査本部を設けることを意味する警察用語だ。東京都の場合は警視庁捜査一課の捜査員たちが所轄署に出向き、所轄の刑事たちと共同捜査に当たる。

事件規模や凶悪さの度合によって、本庁から所轄署に派遣される捜査員の数は異なる。単純な殺人事件でも、最低十人以上の捜査員が所轄署に送り込まれる。

捜査本部の本部長は通常、警視庁や各県警の刑事部長が任に就く。副本部長は各所轄署の署長が務める。しかし、現場で実際に指揮を執るのは警視庁捜査一課や各県警本部の管理官だ。

所轄署の刑事たちは、下働きに甘んじていることが多い。そうしたことに密かに不満を覚えている叩き上げの刑事の中には、捜査状況を新聞記者など外部の者にぽろりと洩らす者もいる。

日暮と警察学校で同期だったという刑事が原宿署にいることは、だいぶ心強い。

「長引いてるデフレ不況のせいで、どの組も遣り繰りがかなり辛いにちがいない」

「ええ、三次、四次の下部団体の中には解散に追い込まれた組もあるようですよ。これまでカードの変造は不法滞在の外国人たちの専売特許みたいでしたが、日本の広域暴力団もこぞって変造機を買ってるそうです」

「変造機って、どんな機械なんだい？」

「複写機によく似た造りらしいんですよ。使用済みのカードを挿入口から突っ込むと、わずか数秒で新しいデータを載せた変造プリペイドカードが出てくるって話だったな」

「そんなに手間のかからない機械だったら、値が張るんだろう？」

千本木はセブンスターをくわえた。

「最新型のやつだと、一台二千万円はするそうですよ。しかし、平均は八百万円前後みたいだな」

「カードメーカーは変造カードを大量に作られたら、大損するよな。当然、セキュリティー対策には力を入れてるんじゃないのか？」

「ええ。で、最近は暴力団関係者は一週間百万円とか百二十万円とかで最新の変造機を借りて、フル稼動させてるようです」

「変造機を作ってるのは？」

「少数の日本人や中国人グループのようですが、そいつらがどこの誰なのかは本庁の組対部も把握してないそうですよ」

「考えられるのは、プリペイドカードの技術開発者だな。情報通信関係の元技術者あたりが小遣い銭稼ぎに変造機をこしらえてるのかもしれない」

「最初のころはそうだったんでしょうが、いまはいろんな人間が変造機を作ってるんじゃないのかな。ちょっとした知識があれば、案外、たやすく作れるようなんですよ」

「そうなのか」

「カードメーカーの人間やパチンコ店の従業員を抱き込めば、プリペイドカードの製造工程はなんなくわかるでしょうからね」

日暮が言って、絶望的な表情を見せた。

「とにかく、折戸が変造団に接近した様子があるかどうか、それとなく探ってみてくれないか」

「わかりました」

「いつも只酒ばかり飲んでるから、バカラでちょっと遊んで帰るか」

「どうせなら、三十万円分のチップを買って、派手に負けてってください。千本木さんになら、チップを無制限で信用貸ししますよ」

「貧乏人のおれの尻の毛まで抜くつもりか」

「何を言ってるんです。悪党どもから巨額を脅し取って、札束をベッド代わりにしてる人間が」

「日暮ちゃん、おれを脅迫してんのか？」

千本木は笑顔で訊いた。

「おれは千本木さんの味方ですよ。脅すなんて、とんでもない」

「とか言ってるが、少しは売上に協力してほしいんだろうが？」

「それは、まあね」

「わかった。三十万円分のチップをルーレットの一点張りに突っ込もう。きょうは九月の十二日だな。それじゃ、赤の12に張るよ」

「本気ですか⁉」

「ああ」

「旦那さん、ありがとうございます」

日暮がおどけて礼を述べた。

その直後だった。千本木の懐で、スマートフォンが振動した。マナーモード着信だ。

千本木はスマートフォンを取り出し、耳に当てた。

「わたしよ」

老女の嗄れ声が響いてきた。人権派弁護士として知られた曾根サキだった。

七十三歳だが、まだ若々しい。

女弁護士は若い時分から、多くの冤罪事件を手がけてきた。無実の罪を着せられた男女の弁護をし、これまでに二十人以上の人間を救っている。男勝りの性格で、きわめて正義感が強い。未婚の女傑だ。

「どうもご無沙汰してます。お変わりありませんか」

「こっちは相変わらずよ。あんたは、どうなの？」

「何とかやってます」

「それは結構なことだわ。ところで、ちょっと手を貸してもらえないかな」

「民事の調査ですか？」

「ううん、刑事事件よ。ある轢き逃げ事件の調査をしてもらいたいんだけど、都合はどうかしら？」

「先生の頼みは断れませんよ」

千本木は即座に言った。検事の職を失って途方に暮れていたとき、真っ先に調査の仕事を回してくれたのが曾根サキだった。

その後も、サキは弁護士仲間に声をかけ、千本木に調査を依頼するよう働きかけてくれた。当の本人は、そのことをおくびにも出さなかった。そういう奥ゆかしい人柄だった。

「わたしの依頼だからって、何も無理につき合うことはないのよ。都合が悪いようだったら、遠慮なく断ってちょうだい」

「しがない法律コンサルタントが、そんなに忙しいわけないでしょ。このまま遊んでたら、マンションの家賃を払えなくなるところだったんです。調査の仕事を回してもらえて、大助かりですよ」

「ほんとに？　あんたは見かけと違って、意外に神経が繊細だからなあ。なんか無理してるんじゃない？」

サキが探りを入れてきた。

「無理なんかしてませんよ。いまは五万でも十万でもありがたいです、ほんとに」

「だったら、少し時間が遅いけど、わたしのオフィスに来てもらえる？　轢き逃げ事件のことを説明して、資料を渡しておきたいの」

「わかりました。いま、赤坂にいますんで、三十分以内には伺えると思います」

千本木は電話を切った。ほとんど同時に、日暮が口を開いた。

「曾根先生からの呼び出しみたいですね？」

「そうなんだ。轢き逃げ事件の調査依頼なんだよ」

「あの先生は独身だけど、千本木さんを自分の息子のように思ってるんじゃないのかな」

「そうなんだろうか」

「先生とは何がきっかけでつき合うようになったんです?」

「検事時代に国交省高官たちを収賄罪で根こそぎに検挙したことがあるんだが、そのときに先生がおれにわざわざ手紙をくれたんだよ。東京地検にも、まだ骨のある奴がいたことが嬉しいってな」

「そうだったんですか」

「もう六年も前の話だよ。そんなわけだから、ルーレットの一点張りは次回にさせてもらうぞ。それじゃ、またな」

千本木はソファから立ち上がって、ドアに向かった。

違法カジノを出て、慌ただしくエレベーターに乗り込む。車は雑居ビルの裏通りに駐めてあった。

千本木はサーブに乗り込むと、ただちに新宿に向かった。

曾根サキ法律事務所は西新宿八丁目にある。雑居ビルの六階に入居していた。

道路は、思いのほか空いていた。目的の場所まで二十分もかからなかった。

千本木は車を雑居ビルの地下駐車場に入れ、エレベーターで六階に上がった。

「先生、わたしです」

千本木は言いながら、曾根サキの事務所に入った。そのとたん、硝煙の臭いが鼻腔に滑り込んできた。

「曾根先生！」

千本木は呼びかけながら、事務所の奥に走った。

すると、両袖机（りょうそでづくえ）の横に女弁護士が倒れていた。仰向けだった。

顔半分が消えていた。銃弾を至近距離から浴びせられたようだ。床やキャビネットに鮮血が飛び散っている。犯人が室内を物色した痕跡（こんせき）があった。

「先生……」

千本木は曾根サキのそばに片膝（ひざ）をつき、頸動脈（けいどうみゃく）に指先を当てた。

体温は感じられたが、脈動は熄（や）んでいた。

千本木は視界が翳（かげ）るのを鮮やかに自覚した。ショックと悲しみで、全身が石のように強張（こわば）っていた。

第二章　殺された依頼人

1

遺影がぼやけた。

にじんだ涙のせいだ。黒いリボンに飾られた写真の中の曾根サキは、少しはにかんでいる。透明な笑みだった。故人が殺害されたのは四日前だ。

千本木は骨箱を見つめながら、線香を手向けた。

目白五丁目にある女弁護士の自宅の一室だ。家の主が骨になったのは、もう数時間前である。いまは午後四時過ぎだった。

身内のほかは、一般の弔い客の姿はなかった。妙に静かだ。

合掌を解くと、喪主を務めた故人の三つ違いの妹が口を開いた。

「あなたには、本当にお世話になりました。ありがとうございました」

「いいえ、たいした力になれませんで、申し訳なく思ってます」

千本木は首を小さく振りながら、低く応じた。

「人間の命って、儚いものですね。九十歳までは楽に生きるだろうと思っていた姉がこんなに早く永い眠りについてしまうなんて」

「わたしも、まさかこんなふうになるとは思ってもいませんでした。先生ご自身も、ご無念だったと思います。やり残した仕事がたくさんあったにちがいありません」

「ええ、それはね。でも、姉は一般の女性よりもはるかに濃密な人生を送ったから、いまごろ、あの世で『まあ、仕方ないわね』と言ってるような気がします」

故人の妹が言った。彼女の婚家は赤羽にある。和菓子屋の老舗だ。たった二人だけの姉妹で、すでに両親は他界している。

「お疲れでしょ？　わたしはそろそろ失礼しますから、少し横になられたほうがいいな」

「わたしは大丈夫よ。それより、あなたのほうこそ大変でしたね。四日前は姉の事務所に駆けつけた警察の人にしつこく事情聴取されたようだし、きのうの通夜も葬儀社の人たちと一緒にお手伝いしてくださったし。昨夜は、一睡もしてないんでしょ？」

「ええ、まあ。しかし、どうってことありません。まだ三十五ですから、ひと晩やふた晩の徹夜ぐらいできます」

「それでも、かなりお疲れのはずよ」

「どうかお気遣いなく。それより、先生のオフィスは畳まれることになるんでしょうね？」

千本木は訊いた。

「ええ、身内に姉の仕事を継ぐような者もおりませんので。さっき帰られた事務所の小森さんと福永さんがオフィスの残務整理をしてくれることになったの」

「そうですか」

「あの方たちの再就職口もお世話してあげたいけど、主人は商家の出だから、法曹界にはコネもなくてね」

故人の妹は、いかにも済まなそうな口ぶりだった。

女弁護士の下で働いていた小森敏晴は、検察事務官出身の調査員である。五十歳前後だ。主に民事関係の調査や資料集めをしていた。

福永良子は離婚歴のある事務員だった。四十三、四歳だろう。

「実は一昨日の晩、わたしは先生にある轢き逃げ事件の調査を依頼されて西新宿の事務所に出向いたんですよ」

「そうだったの」

「先生は、その事件のことで何か話してませんでした？　電話で依頼を受けたとき、先生は事件内容はおっしゃらなかったんです」

「姉とは週に一、二度、電話でお喋りをしてたけど、仕事のことはめったに話さない人だったのよ。だから、その事件についても何も喋らなかったわ」

「それじゃ、先生の事務所に行って小森さんか福永さんに訊いてみましょう。それでは、これで失礼します」

千本木は腰を上げ、遺骨の置いてある十畳間を出た。

故人の妹に見送られて、しっとりと落ち着いた和風邸宅を後にする。車は少し離れた路上に駐めてあった。

裏稼業の獲物探しは中断して、恩義のある曾根サキを殺した犯人を先に追おう。

千本木は意を固めながら、サーブに歩み寄った。

運転席に入ると、黒い礼服の上着を脱いだ。ネクタイを外し、用意しておいた茶系のカジュアルなジャケットに着替える。

千本木はセブンスターを一本喫ってから、スマートフォンを手に取った。

日暮のスマートフォンをコールしたが、なかなか繋がらない。着信音に気づかなかったようだ。自宅マンションの固定電話にかけ直す。日暮の自宅は西麻布の裏通りにある。

固定電話の受話器を取ったのは、ブレンダ・レッドフォードだった。

千本木は名乗った。

「どうもこんにちは」

　ブレンダが少し訛のある日本語で挨拶した。

「やあ。店長、いや、きみの恋人はいるかい？」

「ええ、いるわ」

「替わってくれないか」

　千本木は言った。ブレンダの声が途切れた。

　ややあって、日暮が電話口に出た。

「いろいろ大変だったでしょう？」

「ちょっとな」

「千本木さんに連絡しようと思ってたんですが、取り込んでるだろうからって、遠慮してたんですよ」

「何かわかったらしいな」

「ええ、少しね。当たり屋グループのボスの家がわかりました。岩佐徹は大田区の北千束に住んでます」

「そうか。で、盗んだ黒いベンツを乗り回してた例の二人組は？」

　千本木は訊ねた。

「そいつがわからないんですよ。二人は折戸の仮通夜のあった晩にまんまと逃げて、それっきり捜査の網に引っかかってないようなんです」

「コンテナトラックの男たちは？」

「そいつらも逃げ切ったそうです」

「連中の手がかりはなしか」

「すみません」

「何も、そっちが謝ることないさ。それで、折戸がカード変造組織に近づいた気配は？」

「それも、いまのところ、はっきりとした情報は摑めてないんですよ」

「そのまま、情報集めをつづけてくれないか。おれは女弁護士殺しの犯人捜しをはじめる気になったんだ。あの先生には、さんざん世話になったからな」

「犯人を追う気持ちになったこと、よくわかりますよ。おれが千本木さんだったら、やはり同じことをやるでしょう」

日暮が言った。

「だろうな」

「念のため、岩佐の動きをちょっと探ってみましょうか」

「無駄になるかもしれないが、時間の都合がついたら、ひとつ頼むよ」

「了解！　それからですね、警察学校で同期だった奴の話によると、田浦って刑事が捜査会議の席で千本木（ボン）さんの名を出したそうなんです」

「あの陰気なおっさん、おれが折戸殺しの事件（ヤマ）に首を突っ込む理由が気になって仕方ないみたいだな」

「そうなんでしょうね」

「捜査本部の捜査に進展はないようだな」

「ええ。相変わらず、手がかりらしいものは摑んでないようです。何か動きがあったら、すぐに連絡します」

「そうしてくれないか」

千本木は通話を切り上げた。

サーブのイグニッションキーを捻る。エンジンが唸りはじめたとき、スマートフォンが着信した。

発信者は安奈だった。

「曾根サキ弁護士の告別式は無事に終わったの？」

「ああ。いま、先生の自宅を出てきたとこなんだ」

「そう。まだショックが尾を曳いてるんでしょうね？」

「喪失感が大きいからな」

「創さんのとこに飛んでいって、ずっとそばにいてあげたい気持ちだわ。だけど、因果な商売だから、なかなか体が空かなくて」

「おれは子供じゃないんだぜ。安奈の胸に包み込まれなくたって、そのうち立ち直れるさ」

「強がっちゃって。でも、あなたのそういうとこって嫌いじゃないわ。男の痩せ我慢って、ちょっと母性本能をくすぐるのよね」

「呑気なこと言ってないで、今朝電話で頼んだことを早く報告してくれ」

千本木は促した。

「まず解剖所見の詳しい報告だけど、曾根サキさんは一発だけしか被弾してなかったわ。放たれた銃弾は眉間を貫き、頭蓋の前頭骨に当たって後頭骨で撥ね返されたらしいの。それで、結局、弾丸は頭の中に留まったそうよ。そういうのを専門用語では……」

「回旋射創というんだろ？」

「ええ、そう」

「新聞報道によると、使用されたのはハイポイント・コンパクトで、九ミリ弾が先生の頭部から検出されたとあったが、記事に間違いはないんだな？」

「ええ、その通りよ。ライフリングが六条で右回りということで、凶器が断定されたらしいの」

「なるほど」

「えーと、ハイポイント・コンパクトは全長十七センチ一ミリで、重量は九百九十二グラムよ」

「おれが拳銃に精しいことを忘れたようだな」

「あら、そうだったわね。わたしったら、余計な説明までしちゃって。ばかねえ」

「いいんだよ、気にするなって。ところで、犯人のものと思われる指紋、掌紋、足跡の類は結局、検出されなかったのか？」

「ええ、そういうものはね。ただ、犯人が落とした可能性もある変造ＰＣが曾根サキ法律事務所の入口付近で発見されたらしいの。遺留品と断定できないんで、警察は公式発表を避けたんだけど」

　安奈が言った。

「その変造ＰＣには当然、指紋が付着してたんだろう？」

「ええ、成人男性の指紋がね。でも、警察庁の大型コンピューターに登録されてる前科者の指紋カードと合致する指紋じゃなかったそうよ。したがって、変造ＰＣの落とし主の割り出しは難しいだろうってことだったわ」

「その検出指紋は、先生の事務所内からは採取できなかったんだな？」

「ええ」

「それじゃ、その変造PCを射殺犯が落とした可能性は低いな。あのビルで働いてる誰かがうっかり落としたんじゃないか」

「そうなのかもしれないわね。そうそう、事件当日、曾根サキ法律事務所の様子をうかがってたイラン人っぽい西アジア系の三十歳前後の男がいたって目撃者が出てきたらしいのよ」

「その目撃者というのは？」

千本木は早口で訊いた。

「犯行のあったビルの同じ階にある誠和重機という会社の社員よ。渥美宏太郎という営業マンらしいわ」

「これから、先生のオフィスに行く予定なんだ。ついでに、その渥美って男に会ってみよう。役に立ちそうな情報だったよ。サンキュー！」

「どういたしまして。早く曾根弁護士を殺した犯人にたどり着けるといいわね。それじゃ、また！」

安奈の声が途絶えた。

千本木はサーブを走らせはじめた。

陽は傾いていた。残照は弱々しい。新青梅街道を横切り、下落合、上落合、北新宿と抜ける。その先が西新宿だ。

西新宿八丁目にある目的の雑居ビルまで、二十分弱しかかからなかった。雑居ビルの地下駐車場に車を置き、エレベーターで六階に上がる。

誠和重機は、女弁護士のオフィスの反対側にあった。

千本木は誠和重機のドアを押した。出入口のそばに、若い女子社員がいた。千本木は名乗って、渥美との面会を求めた。

あいにく当の本人は、営業活動で社内にはいなかった。午後五時半ごろ、会社に戻る予定になっているという話だった。

「そのころ、またお邪魔します」

千本木は誠和重機を出て、曾根サキ法律事務所に向かった。

ドアをノックすると、女子事務員の福永良子が現われた。黒のフォーマルスーツは、プリント柄の長袖ブラウスと焦茶（こげちゃ）のスカートに変わっていた。

「きょうはご苦労さまでした。千本木さんがてきぱきと葬儀を取り仕切ってくれたんで、とても助かりました」

「いやあ、たいしたことはできなくて。残務整理をしてると聞いたもんで、ちょっと寄らせてもらったんです」

「何か？」

「実は事件当日、先生にある轢き逃げ事件の調査をしてくれって頼まれたんですよ。

その事件のことを詳しくうかがおうとここにやって来たら、先生があんな殺され方を……」

「そうだったんですか。新聞の記事にはそのことは書かれてなかったんで、ただ遊びに来られて、先生の射殺体を発見されたんだとばかり思ってました」

「通夜の席や告別式では、その話はしにくかったもんで」

千本木は言った。

「確かに、話しにくいですわよね」

「轢き逃げ事件のことや弁護依頼人のことをできるだけ詳しく教えてほしいんです。ひょっとしたら、事件の解決の緒になるかもしれないでしょ？」

「そうですね。どうぞお入りください」

良子がドアを大きく開けた。

千本木は事務所に足を踏み入れた。顔見知りの専属調査員は、机上に堆く積み上げたファイルに目を通していた。小森が千本木に会釈した。禿げ上がった額が黒光りしている。小森も礼服を地味な背広に着替えていた。

良子が小森に千本木の来意を伝えた。

すぐに小森が椅子から立ち上がって、千本木を応接ソファセットに導いた。三人はソファに腰かけた。小森と良子は、長椅子に並んで坐った。

「そうして並んでると、ご夫婦のように見えるな」

千本木は言った。

良子が顔を赤らめた。小森も少し照れ、かたわらの良子に言った。

「依頼人のファイルを持ってきてもらえるかな」

「はい、すぐに」

良子が腰を上げ、近くのキャビネットの扉を開けた。分厚い赤色のファイルを引き出し、それを小森に手渡した。

それから彼女は、さりげなく衝立(ついたて)の位置をずらした。曾根サキの倒れていた場所が隠された。その床の部分は、青いビニールシートで覆われていた。壁の血痕(けっこん)も生々しかった。

警察から、もうしばらく現場をそのままにしておいて欲しいと頼まれたのだろう。

小森がファイルを捲(めく)りはじめた。ふたたび良子が小森の横に腰を沈めた。

「この事件ですよ」

小森がファイルの向きを変えた。見開きページには、新聞の切り抜きや現場写真などがファイルされていた。

千本木は、写真付きの四段抜きの記事を素早く読んだ。まだ記憶に新しい事件だった。

事件が起こったのは、この九月三日未明である。事故現場は、四谷の若葉(わかば)一丁目の鉄砲坂の途中だ。

原動機付きバイクで朝刊を配達中の深谷忠光(ふかやただみつ)という二十歳の予備校生が脇道から鉄砲坂に出た瞬間、坂の上から走ってきた高級国産乗用車と接触し、その弾みで投げ出された。ヘルメットは脱げかけ、深谷はコンクリートの電柱に頭部をまともに打ちつけて死亡した。

現場近くの複数の住民が衝突音を耳にしているが、逃げ去った加害車輌(しゃりょう)を見た者はひとりもいなかった。ただし、現場に落ちていた塗膜片(とまくへん)やタイヤ痕から、犯人の車が昨年末に製造されたパールシルバーのレクサスであることは判明している。

それが記事のあらましだった。

「九月十日になって、室井護(むろいまもる)という四十二歳のサラリーマンが自分が轢き逃げ犯だと四谷署に出頭したんですよ」

小森が言った。

「その室井という男の勤務先は？」

「大手総合商社の日東商事です」

「室井は自分の車に乗ってたんですね？」

「いいえ、会社の上役のレクサスを数日前に借りて乗り心地をテストしてたと供述してます。本人はクラウンを持ってるようなんですが、レクサスに買い換える気だったらしいんですよ」

「なるほど。で、レクサスの持ち主は？」

「日東商事の鴇田敬臣常務、五十六歳です。鴇田は自分のレクサスを室井に貸したことを認めています。貸した日時は、室井の供述と合致してますね」

「室井は途中で言を翻したんだな」

千本木は呟いてから、セブンスターに火を点けた。

「さすがは元特捜部の検事さんですね。その通りです」

「からかわないでほしいな」

「誤解しないでください。わたしは、本当に感心したんですから。それはともかく、室井は検事取り調べになって、自分は犯人じゃない。路上に駐めておいた上役のレクサスを誰かに乗り逃げされたと……」

「で、室井は曾根先生に弁護の依頼をしてきたわけですね？」

「ええ。室井は先生の活躍ぶりを雑誌などで知ってたとかで、奥さんをここに寄越したんです」

「奥さんの名前は？」

「佳津恵さんです。三十一歳だと言ってました。とても綺麗な方ですよ」

良子が口を挟んだ。

「旦那とは、ひと回り近く年齢が離れてるんだな」

「ええ。でも、とっても夫婦仲はよさそうな感じでしたよ」

「そう」

千本木は煙草をくわえたまま、手帳に室井夫妻の名と日東商事の鴇田常務の氏名を書き留めた。

「先生は二度、室井と接見しました。それで、彼がシロだという心証を得たようですね」

小森が言った。

「ほかに先生は、何か言ってませんでした？」

「室井は誰かを庇おうとしてるのかもしれないと呟かれたことがあります」

「轢き逃げ犯の身替りとして出頭したってことか」

「わたしも、そう受け取りました」

「そうだとすれば、レクサスの持ち主の鴇田が運転してた可能性があるな」

「わたしもそう思って、先生には内緒で鴇田常務のアリバイを経済記者に化けて、日東商事に電話で問い合わせてみたんですよ。そうしましたら、事件当日の前日から鴇田はジャカルタに出張してることがわかりました」

「海外出張してたんなら、室井は鴇田という常務を庇ったんじゃないでしょう」

千本木は短くなった煙草の火を消し、すぐに小森に室井の自宅の住所を訊いた。目黒区の五本木だった。

「先生が殺されたのは、室井氏と関わりがあるのかしら？」

良子が自問するように言った。

「先生は、ほかの訴訟で何か脅迫されてたのかな」

「裁判の揉め事じゃないんですが、大物総会屋の神保力也の弁護依頼を断ったら、総会屋事務所の若い者が怒鳴り込んできたんですよ。幸い、先生は裁判所に出かけていて、不在だったんですけどね」

「弁護依頼を断られたからって、弁護士の命を奪う気にはならないと思うな。いくら悪名高い総会屋でもね」

「そうでしょうか」

「ほかにトラブルは？」

「ありません」

「一昨日の夜、室内が物色されてたが、何かなくなってた物は？」

「それが何もなかったんですよ」

小森が先に答えた。良子は無言でうなずいた。

「先生は、裁判に必要な証拠写真や証言音声データはどこに保管してたんです？」

千本木は小森に顔を向けた。

「万が一のことがあってはいけないと、もみじ銀行新宿支店の貸金庫の中に仕舞ってあったんです。その鍵は、きのうの晩、先生の妹さんにお渡ししました」

「そうですか。場合によっては、貸金庫の中身を見せてもらうことになるかもしれないな」

「千本木さんは先生を殺した奴を個人的に調べるおつもりなんですね？」

小森が確かめた。

「どこまでやれるかわかりませんが、そのつもりです。曾根先生には、いちばん辛い時期によくしてもらったんでね。柄にもなく、恩返しの真似事をしたくなったんですよ」

「わたしにとっても、先生は大恩人でした。わたしが弁護士なら、この事務所を引き継がせていただくんですが、ただの調べ屋ですので、それは叶わぬ夢です」

「これから、お二人はどうなさるんです？」

「わたしは、知り合いがやってる調査会社に入れてもらうつもりです」

「福永さんは、どうされるんです？」

千本木は良子に問いかけた。良子が一拍置いてから、恥ずかしそうに口を開いた。

「しばらくは小森さんに食べさせてもらうつもりです。わたしたち、一緒になることにしたんです」

「それは、おめでとう！　結婚式には、ぜひ招(よ)んでください」

「再婚同士ですから、式は挙げないつもりなんです。わたしが小森さんとこに引っ越して、入籍してもらうだけなんですよ」

「それじゃ、そのうちに何かお祝いしなくちゃな」

「そんなお気遣いはなさらないでください」

小森が手を横に振って、しきりに照れた。良子も小娘のように恥じらった。

千本木は二人と雑談を交わし、五時半きっかりに曾根サキ法律事務所を出た。

誠和重機をふたたび訪れると、渥美という社員は戻っていた。かなり太った三十歳前の男だった。

千本木は殺された女弁護士の知り合いであることを明かし、事件当夜のことを話してもらった。

「怪しいイラン人らしい男は口髭(くちひげ)を生やしてました。身長は百七十五、六センチでしょうか。体格もよかったですね」

「その男は、曾根弁護士の事務所の前を行ったり来たりしてたの？」

「ええ、そうです。それから、ドアに耳を押し当てたんです。ぼくが見てることに気づくと、慌ててドアから離れましたけどね」

「そう」

「あの男が自分で女弁護士さんを撃ったのかどうかはわかりませんが、きっと犯行に関わってるにちがいありません。射殺犯の手引き役だったのかもしれないな」

渥美が言った。

「一昨日の晩、あなたはパトカーが駆けつけるまで会社におられたのかな？」

「ええ、いました。契約書のチェックをして、営業日報を書いてましたんで」

「銃声は、まったく聞こえなかった？」

「ええ。新聞には、犯人が消音器付きの拳銃を使ったと書いてありましたが、そうじゃないんですか？」

「いや、報道の通りだと思うな。一応、念のために確認したわけです。ほかの物音なんかは、どうでした？　たとえば、逃げる複数の足音とか？　ペルシャ語の話し声を聞いたとか？」

「ペルシャ語じゃなかったけど、中国語らしい言葉を大声で交わしてる二人の男の声がしたな。女弁護士さんが死亡したと推定される午後十一時前後にね」

「中国語といっても、広東（カントン）語、上海（シャンハイ）語、北京（ペキン）語とあるが……」

「そこまでは区別がつきません。中国語は、ニーハオぐらいしか知らないもんで」

「こっちも似たようなもんです。どうも貴重な時間を割いていただきまして、ありがとうございました」

千本木は誠和重機を出て、エレベーターホールに足を向けた。

曾根弁護士は、外国人の刺客に葬られたのか。そうだとしたら、雇い主は誰なのか。期待していたほど収穫はなかった。

千本木は歩を運びながら、低く唸った。

2

中年の男性行員が一礼し、歩み去った。

もみじ銀行新宿支店の貸金庫室だ。翌日の午後二時過ぎだった。

「お願いします」

千本木は、曾根サキの実妹に声をかけた。

女弁護士の妹がロッカー型の金庫のロックを外した。細長い箱型の貸金庫が引き抜かれた。部屋の中央に、テーブルセットが三卓置かれている。

女弁護士の妹が貸金庫を抱え、近くのテーブルについた。千本木は彼女の前に坐った。

貸金庫の蓋が開けられた。

中身は、曾根サキの自筆の遺言状、目白の自宅の土地と建物の権利証、実印、定期預金証書、ICレコーダーだった。

「レコーダーの音声を聴かせてもらってもいいですか」

「何が録音されてるのかしら？」

「わかりません。もしかしたら、先生の死と結びつくようなことが録音されてるのかもしれないと思ったんですよ」

「そうね。いいわ、あなたと一緒に聴きましょう」

曾根サキの妹が同意した。

千本木はひと言断ってから、貸金庫からICレコーダーを取り出した。再生ボタンを押す。すぐに女弁護士と中年男性の会話が流れてきた。

――きのうは、あまり眠れなかったみたいね。目の周りに隈ができてるわ。

――なんだか神経が高ぶってしまって。

――あなたが事実を話してくれないと、こちらも困るのよ。弁護士の中には事実や真相と関係なく、ただ依頼人を有利な立場に導くことだけを考えてる者もいるけど、わたしはそういうのは嫌いなの。たとえ十億円積まれたって、黒いものを白くするなんてことはしたくないのよ。

――先生の姿勢はよく存じています。

――それだったら、本当のことを話してちょうだい。

――は、はい。

――ま、もう一度はっきりさせておきたいんだけど、あなたが深谷忠光という予備校生を撥ねたんじゃないのね？

――ええ、わたしじゃありません。先日、申し上げたように、わたしは鴫田常務から借りたレクサスを神楽坂の路上にエンジンをかけたままの状態で、近くの自動販売機まで缶コーラを買いに走ったんです。その隙に、誰かに車を乗り逃げされてしまったんですよ。

――車を盗んだ男についての供述がどうも曖昧に聞こえるの。レクサスと飲料水の自動販売機は、十五、六メートルしか離れてなかったって話だったわよね？

――え、ええ。

――それだったら、自動車泥棒の姿を見たはずよ。若い男のようだったなんて言い方じゃ、警察や地検だって、すんなりとは信じてくれないわ。

――そうかもしれませんけど、本当にそいつの後ろ姿しか見なかったんですよ。あのときは、まだ酔いが残ってましたし。

――あなたが飲んでたという神楽坂のスナックを出たのは、午前一時半ごろだったわよね？

――そうです。そのことは、『マスカレード』のママに訊いてもらえば確認できるはずです。

――ええ、問い合わせてみたわ。でも、ママさんはあなたが来店したこともはっきりと憶（おぼ）えてなかったのよ。あの晩は、かなり早い時間からママさんは酔っ払ってたとは言ってたけどね。

――そういえば、ママは釣り銭の計算を間違えたりしたな。しかし、わたしがあの店を午前一時半ごろに出たことは確かなんです。

――そのことは、もういいわ。あなたは酔いを醒（さ）ますために、午前四時ごろまで車の中で仮眠をとってたということだったわね？

――はい、そうです。ふと目を覚ましたとき、とっても喉（のど）が渇いてたんで、コーラを買う気になったんですよ。

――二時間半近く仮眠をとったんだったら、少しは酔いが醒めてたんじゃない？　もう少し車泥棒のことをはっきりと憶えててもいいと思うんだけどな。

――先生は、わたしが嘘をついてると疑ってるんですねっ。

――疑う気はなくても、ちょっと不自然な感じがするでしょ？

――わかりました。わたしの話を全面的に信じていただけないなら、もう結構です。帰ってください。

――室井さん、子供のような拗ねた方をしないの！　そんなことをしたって、仕方がないでしょ。

――しかし……。

――あなたが轢き逃げ犯じゃないと地検で供述を翻したんだから、その言葉を信じたいのよ。だけど、あなたが潔白だという確信がなければ、軽々には弁護は引き受けられないの。もちろん、弁護士として勝訴したいという気持ちもあるけど、それ以前に真実に目をつぶりたくないのよ。そのことは、あなたにもわかるでしょ？

――ええ、わかります。しかし、わたしは事実を話してるんです。

――また、堂々巡りね。いいわ、こうなったら、最初から訊き直すわ。あなたは、なぜ、わざわざ自分が深谷君をレクサスで撥ねたなんて警察に出頭したの？

――それは、こないだも言いましたが、他人から借りた高級車を誰かに盗まれたなんて事実がわかったら、自分の間抜けぶりが露呈してしまうと思ったからです。

――そこなのよね、不自然なのは。いくらエリート意識の強い商社マンでも、そんなことで轢き逃げの罪を被ろうと思う？　たいていの人間は、そこまで考えないはずよ。

──わたしは、他人の目に自分が愚鈍な人間に映ることが何よりも耐えがたいんです。だから、缶コーラを買ってる間に、まんまと車を盗まれたなんてことが公になったら、惨めすぎて……。

──そんなあなたが検事の取り調べでは、急に考えを変えたわよね。それは、どうしてなの？

──留置場にいるうちに、真犯人が捕まると思ってたんですよ。でも、いっこうに事件が解決する気配がないんで、だんだん不安になってきたんです。自分が起訴されたら、もっと惨めになるとも思いました。それで、担当検事さんに自分が無実であることを訴えたわけです。

──話の辻褄は一応、合ってるわね。でもね、あなたの話をそのまま素直には聞けないわ。

──なぜなんです？

──エリートコースをずっと歩いてきた人間にしては、あまりにも分別がなさすぎるもの。言動に思慮が感じられないことが、とても引っかかるの。

──確かにわたしは学校の勉強はできましたが、子供のときから情緒不安定なタイプだったんです。どちらかと言えば、理性よりも感情に支配されるほうなんですよ。

──それだけなの？

——先生、何をおっしゃりたいんです？

——臆測で物を言ってはいけないんだけど、あなたは轢き逃げの犯人が誰なのか知ってるんじゃない？

——まさか⁉

——ついでに言ってしまうけど、あなたは最初、身替りの犯人になるつもりだったんでしょ？　身替りになる気になった動機ははっきりしないけど、おそらく大筋は間違ってないんじゃないかしらね。

——人権派弁護士と言われてる先生が臆測や勘でそこまで極めつけるなんて、呆れちゃうな。

——わたしを蔑んでもいいから、正直に事実を話しなさいっ。

——何なんですか、急に怖い顔をされて。

——もっと自分を大事にしなさい。打算や脅迫に負けて事実を曲げたら、必ず自分にしっぺ返しが戻ってくるのよ。

——そう言われても……。

——なぜ、目を逸らすの？　そんなに震えて、やっぱり変だわ。どうなの、あなたは真犯人を知ってるんでしょ？

——少し時間をください。心の整理がついたら、先生には隠してることを話せるようになるかもしれません。それまで、どうかもうわたしを責めないでください。

――わかったわ。あなたを苦しめることになってしまって、ごめんなさい。

――いいんです。

――気持ちの整理がついたら、本当のことを話してもらえるのね？

――は、はい。

――それじゃ、きょうはこれくらいにしましょう。

――はい。

――何か差し入れてほしい物があったら、遠慮なく言ってちょうだい。

――妻が必要な物は持ってきてくれてますんで、いまのところは間に合ってます。

――そう。それじゃ、また会いましょう。

――はい。

接見が終わり、ほどなく音声が途切れた。

千本木はICレコーダーを停止させた。曾根サキの妹が先に言葉を発した。

「この録音音声が姉の死に関係があるとしたら、この接見の後に室井という方が姉に轢き逃げ事件の真犯人のことを喋ったんじゃない？」

「そうなのかもしれません。そして、真犯人が保身のため、先生のお命を奪ったとも考えられます。それも直に手を汚したのではなく、プロの犯罪者を雇ったんでしょうね」

「そうだとしたら、なんて卑劣な人間なんでしょう。赦せないわ」

「わたしも同じ気持ちです。少し室井護の身辺を調べてみようと思っています。目白の先生のお家まで、わたしの車でお送りしましょう」

「いいえ、結構よ。ちょっとデパートを覗いて、香典のお返しを決めなければならないの」

「そういうことでしたら、ここで失礼させてもらいます」

千本木は挨拶をして、先に貸金庫室を出た。

車は銀行の近くの立体駐車場に預けてあった。そこまで大股で歩き、サーブに乗った。無駄になることを承知で、四谷の轢き逃げにあった場所に行ってみる気になった。

千本木は車を走らせはじめた。

新宿通りに出て、四谷交差点の少し手前で脇道に入る。小さなビル、マンション、民家が混然と建ち並ぶ地域を低速で進んだ。

事故現場は、すぐにわかった。道端に、枯れかけた花束と供物があったからだ。ちょうど鉄砲坂の中間地点だった。

千本木は道の端に車を停め、外に出た。

陽射(ひざ)しが強い。九月も半ばを過ぎたというのに、まるで夏の陽光だ。

千本木はオリーブグリーンのジャケットを脱ぎ、長袖の白いスタンドカラーシャツの袖口を捲(まく)り上げた。

路面に目をやると、タイヤの跡がうっすらと残っていた。コンクリートの電柱には、ヘルメットの塗料がこびりついている。

千本木は交通係の刑事を装って、通りかかった男女に片っ端から声をかけてみた。九月三日未明の轢き逃げ事件のことを憶(おぼ)えている者は少なくなかったが、新たな情報は得られなかった。

千本木は事件現場の周囲の家々も、数十軒訪ねてみた。しかし、やはり徒労に終わった。

何か得られるかもしれないから、坂の上まで行ってみる気になった。

千本木は煙草を喫いながら、ゆっくりと坂道を登った。

登りきった先に、マンション風の造りの白い建物があった。五階建てだ。

よく見ると、そこはホテルだった。しかし、シティホテルやビジネスホテルとも玄関の趣が異なる。ラブホテルのような造りだ。

といっても、けばけばしい看板や軒灯はない。ぼんやり出入口を眺めていると、腕を絡(から)ませた二十代後半のカップルが現われた。

女が先に千本木に気づき、恥ずかしそうに目を伏せた。男も、きまり悪げな表情になった。二人は黙ったまま、坂道を駆け降りていった。

五分ほど過ぎると、今度は中年男と女子大生らしいカップルが建物の中に消えた。どうやら高級ラブホテルらしい。こういう建物なら、抵抗なく入れるのだろう。経営者は、なかなか頭がいい。

千本木は坂道を下り、サーブに乗り込んだ。

丸の内のオフィス街に向かう。日東商事の本社ビルは丸の内二丁目にある。二十数階建ての近代的なビルだった。

千本木は車を日東商事ビルの横に停め、グローブボックスの奥から模造警察手帳を取り出した。

新宿のポリスグッズの店で買い求めたものだった。本物そっくりで、一般の人間にはまず模造手帳とは看破されない代物だ。

千本木は模造警察手帳をジャケットの内ポケットに入れ、車を降りた。

上着を羽織り、本社ビルの表玄関に回る。玄関ロビーはホテル並に広い。ロビーの左手に、受付があった。受付嬢は四人もいた。

カウンターに歩み寄り、千本木は受付嬢のひとりに偽の警察手帳を短く呈示した。

「警察の者ですが、こちらの室井護さんと同じセクションの方か、彼と親しくされてる同僚の方に少し話をうかがわせてもらいたいんだが……」

「いま、室井の直属の上司に連絡をとってみますので、少々お待ちください」

丸顔の受付嬢が緊張気味に言い、クリーム色の社内電話機に腕を伸ばした。

千本木は無言でうなずいた。

電話の遣り取りは短かった。待つほどもなく受付嬢が告げた。

「課長の梅里がお目にかかるそうです。どうぞソファのほうでお待ちになってください」

「ありがとう」

千本木は礼を言って、ロビーのソファセットに足を向けた。

3

煙草を喫い終えたときだった。

エレベーターホールの方から、四十七、八歳の小柄な男が急ぎ足で近づいてきた。縁なしの眼鏡をかけている。梅里かもしれない。

千本木は腰を浮かせ、歩み寄ってくる男に目礼した。男が立ち止まって、問いかけてきた。

「失礼ですが、警察の方でしょうか？　わたし、梅里健人です」

「初めまして。警視庁捜査一課の清水です」

　千本木は模造警察手帳をちらりと見せ、実在する捜査員の名を騙った。

　挨拶が済むと、二人は向かい合った。

「四谷署に置かれた捜査本部のメンバーの方ですね？」

　梅里が訊いた。

「ええ。室井護氏が犯行を否認しはじめてることは、ご存じでしょう？」

「はい。そのことは新聞にも載ってましたし、室井君の奥さんからも連絡がありましたから。奥さんは、彼が解雇されることを心配してるようでした」

「なるほど」

「現段階で、会社が彼をクビにするなんてことはありません。起訴されて、刑が確定すれば、職を失うことになりますけどね」

「室井氏が無実を訴えはじめたことで、われわれは振り出しに戻って、捜査をやり直すことになったんです。ご迷惑でしょうが、ご協力願います」

　千本木は、もっともらしく言った。

「警察のお仕事も大変ですね」

「どんな職業も似たようなものなんじゃないんですか。ところで、早速ですが、直属の上司であられる梅里さんは今度の轢き逃げ事件のことをどう思われます？」

「前に見えられた刑事さんたちにも申し上げましたが、室井君が、いや、室井が轢き逃げするなんて考えられません」

「そうですか」

「彼の車で一緒に何度もゴルフ場に出かけたことがありますが、とても慎重な運転をするんですよ。それこそ、教習場の指導員に教わった通りの運転ぶりでした」

「それは、上司のあなたを同乗させてるからじゃないんでしょうか？」

「いいえ、彼より年の若い同僚を助手席に乗せてるときも同じような運転をするそうですよ」

「そういう優等生ドライバーなら、飲酒運転するなんてことも考えられないでしょうね？」

「ええ。彼は飲んだときは必ず酔いを醒ましてから、ハンドルを握ってましたよ」

梅里が言った。

「そうですか」

「もうお調べでしょうが、彼は免許を取って以来、無事故のはずです」

「ええ、そうでしたね」

千本木は話を合わせて、すぐに言い重ねた。

「室井氏が誰かに身替り犯人になることを強いられてたとしたら、誰か思い当たる人物はいます？」

「そんなことは考えられませんよ。彼は親に自宅を建ててもらったということもあって、経済的に豊かでしたし、ギャンブルや女遊びは一切やらなかったんです。趣味のゴルフといっても、月に一回ぐらいしかグリーンに出ませんでしたからね。アルコールも、つき合い程度でした」

「金銭的なトラブルを起こして、身替りを強要されたなんてことは考えられないわけか」

「ええ、そういうことはあり得ないでしょう」

梅里が自信ありげに言った。

「仕事面では、どうです？　たとえば室井氏が大きなミスをして、それを誰かにカバーしてもらったなんてことは？」

「そういうこともないと思います。室井は、仕事のできる男ですから」

「そうですか。奥さんの佳津恵さんのことはご存じですか？」

「ええ、よく知ってますよ。彼女は結婚するまで、うちの会社の秘書課で働いてましたからね。室井とは、サークルのテニスで一緒だったんですよ」

「二人が結婚されたのは、確か……」

千本木は記憶の糸を手繰る振りをした。

「まだ丸二年は経っていませんね。室井は理想が高くて、なかなか結婚しなかったんですが、佳津恵さんのような美人と一緒になれたんですから、幸せ者ですよ」

「その奥さんが何か問題を起こして、室井さんが窮地に陥ったとは考えられませんかね？」

「それも考えられません。奥さんは美しいだけじゃなく、頭も切れるんです。何か問題を起こすようなことはやらないでしょう」

「そうですか。室井氏は、鴇田常務と親しいようですね？」

「どちらも信州の出で、しかも高校と大学が同じなんですよ。そんなことで常務は室井に目をかけてましたし、彼のほうも常務を頼りにしてるようでした」

「そういう間柄なんで、室井氏は鴇田常務からレクサスを借りて、乗り心地をテストしてたんだな」

「そのことは常務から聞いてます。常務は、室井に自分の車を貸したことを悔やんでましたね」

梅里が言った。

「それは、自分の車が人身事故を起こすことになってしまったからという意味ですか？」

「いいえ、そういう意味ではありません。室井の将来が暗く閉ざされたことに、ある種の責任を感じてるようでした」

「そういうことですか。鴇田常務といえば、事件のあった前の日にジャカルタに出張されたそうですね」

「ええ」

「海外出張には、部下の方たちと一緒に行かれたんですか？」

千本木は訊いた。

「いいえ、常務だけで出張しました。取引のあるインドネシア人実業家のご子息の結婚式に常務が招かれたんですよ」

「そうだったんですか」

「なぜ、常務の出張のことまでお訊きになるんです？」

「別に深い意味はありません。単なる確認ですよ」

「そうですか」

梅里が口を結び、おやっ、という顔つきになった。彼の視線は、エレベーターホールから歩いてくる二人の男に向けられていた。

ひとりは長身の白人だった。もう一方は、五十代半ばの押し出しのいい日本人だ。髪は半白だった。

「梅里さん、どうされたんです？」

「アメリカ人のお客さんと一緒にいるのが鴇田常務です」

「ああ、あの方ですか。お客さんと食事にでも行かれるのかな」

「多分、表まで見送るつもりなんでしょう」

「もしそうなら、少し鴇田氏からもお話をうかがいたいですね」

千本木は言った。

「わかりました。ちょっと様子を見てきましょう。ただ、常務は予定がびっしり詰まってるはずですから、そう長くはおつき合いできないかもしれませんよ。それでも、かまいませんか」

「ええ」

「では、ちょっと失礼します」

梅里が立ち上がった。

すでに鴇田と外国人の客は、玄関口に差しかかっていた。梅里が二人に近寄った。

千本木はセブンスターのパッケージから一本振り出したが、口にはくわえなかった。待つほどもなく梅里が戻ってくると判断したからだ。

煙草をパッケージに戻し、そのまま待つ。

二分ほど待つと、梅里が鴇田を伴ってソファに引き返してきた。千本木は腰を上げ、鴇田に言った。

「お忙しいところを申し訳ありません」

「いえ、いえ。あなた方のほうが大変でしょう？　ご苦労さまです」

鴇田が如才なく言って、千本木の斜め前に坐った。いかにも仕立てのよさそうな渋いグレイの背広で身を包んでいる。

腕時計もスイス製の超高級品だった。といっても、成金や筋者が好むダイヤをちりばめた時計ではない。

梅里が一礼し、鴇田の隣に腰かけた。千本木もソファに坐った。

「うちの室井は、間もなく釈放されるんでしょうな」

鴇田が穏やかな表情で言った。

「さあ、それはわたしにはわかりません」

「刑事さん、室井は轢き逃げなどするような人間じゃありませんよ。わざわざ自分が犯人だと名乗り出たのは、何か事情があったからなんじゃないのかな」

「そのことで、何かご存じでは？」

千本木は問いかけた。

「いや、思い当たることがあるわけじゃないんですよ。ただ、そんな気がしただけです」

「そうですか」

「室井が轢き逃げ犯だという物証は何もないんでしょ？」

「ええ、いまのところはね」

「だったら、すぐに彼を釈放すべきですよ。だいたい日本の被疑者勾留期間は長すぎます」

鴇田が憮然とした表情で言った。

アメリカ、イギリス、フランス、ドイツなど西欧の先進国では、逮捕した被疑者の身柄を警察に拘禁できるのは数時間から四十八時間だ。

日本の場合は、七十二時間も被疑者を拘禁できる。実際には、それで被疑者が釈放されるケースは少ない。送検後、勾留請求されて最大限で二十三日間、被疑者は身柄を警察の留置場に勾留される。その間、警察官や検事は被疑者を取り調べることができるわけだ。

取調官のすべてが被疑者を紳士的に扱うわけではない。合法すれすれの威嚇や厭がらせをする刑事や検事もいる。長すぎる被疑者勾留が多くの冤罪を生んできたことは確かだ。

「室井の弁護を引き受けてくれたベテランの女弁護士さんを頼りにしてたんだが、何者かに殺されてしまって。いま、別の優秀な弁護士さんを探してるとこなんですよ」

「そうですか」

「刑事さんにこんなことを言っても仕方ありませんが、警察はもっと市民の人権を尊重すべきですね。本人が犯行を否認して、証拠もないわけですから、ただちに釈放すべきですよ」

「個人的には、わたしもそう思ってます。しかし、被疑者の中には刑事や検事を手玉にとるような奴もいますんでね」

「室井は、そんなことのできる男じゃないっ」

鴇田が憤然と言った。梅里が慌てて執り成した。

「常務、お気持ちはわかりますが、ここはひとつ冷静に……」

「そうだな。少し大人げなかった」

鴇田は梅里に言い、千本木に短く詫びた。

「別に気にしてませんよ」

「そうですか。それはそうと、事件当夜に誰かに乗り逃げされたというわたしの車は、まだ発見されないようだな」

「ええ」

「これだけ時間が経ってしまったから、もう轢き逃げ犯はレクサスをスクラップにしてしまったかもしれませんよ。そうなったら、室井の無実を立証する材料がなくなってしまうわけか。レクサスが発見されれば、車内に真犯人の指紋が残ってるだろうに」

「あなたは、室井氏をかわいがってるようですね」

「ええ。彼が同県人で学校の後輩という理由からではなく、優秀な社員と認めてるからですよ。だから、室井が結婚するとき、仲人役まで引き受けたんです」

「そういう間柄だと、プライベートなおつき合いもあるんでしょうね？」

千本木は訊いた。

「ええ。彼は奥さんと一緒に、ちょくちょくわたしの家に遊びに来てましたし、河口湖畔にある別荘も使ってもらってました」

「それだけ親しくされてたんでしたら、室井氏はあなたに仕事上や私生活の悩みを打ち明けるようなこともあったんじゃありませんか」

「彼には、悩みなんかなかったと思いますよ。事実、その種の相談をされたことは一度もありませんでしたしね」

「最近、室井氏が塞ぎ込んでるなんてこともありませんでした？」

「そういうことは、まったくなかったな」

「そうですか。こちらの感触では、どうも室井氏は誰かを庇ってるようなんですがね」

「誰かって、轢き逃げ犯のことですか？」

鴇田が問いかけてきた。

「まあ、そういうことです」

「要するに、彼に何か弱みがあって、身替り役を引き受けさせられたってことですね？」

「ええ、まあ」

「あの室井に、弱みなんかありませんよ」

「わたしも、そう申し上げたんです」

梅里が鴇田に言った。おもねるような口調だった。鴇田は、ただ黙って聞いていた。

「もしかしたら、室井さんには誰にも見せない側面があるのかもしれないな」

「彼が、こっそり愛人でも囲ってるとおっしゃるんですか？」

「具体的なことはわかりませんが、おそらく何か弱みがあるんでしょう。室井氏が轢き逃げをしてないとしたら、そうとしか考えられないですからね」

千本木は言った。

「彼に他人には知られたくない秘密があるなんて、とても考えられないな」

「そうですか」

「きみは、どう思うね？」

鴇田が隣の梅里に意見を求めた。

「わたしも常務と同じ考えです」

「そうだよな」

「はい」

梅里が子供のような返事をした。そのすぐ後、鴇田が左手首の時計に視線を落とした。

「間もなく役員会議の時間だな」

「どうもお引き留めいたしまして、申し訳ありませんでした。そろそろ引き揚げます」

千本木は素早く立ち上がって、二人に謝意を表した。鴇田と梅里が、ほぼ同時に腰を浮かせた。どう動くべきか。千本木は短く考えた。

室井の妻に会ってみることにした。

千本木は二人に背を向けた。

4

コーヒーが運ばれてきた。

香りが高い。挽(ひ)かれたコーヒー豆は、ブルーマウンテンだろう。

「奥さん、どうかお構いなく」

千本木は佳津恵に言った。

室井邸の応接間である。割に広かった。ソファセットも飾り棚も安物ではない。

あと数分で、午後六時になる。

千本木は東京地検刑事部の現職検事になりすましていた。怪しまれないよう実在の検事の名を騙った。

佳津恵が正面のソファに坐った。

息を呑むような美人だ。造作の一つひとつが完璧なほど整っている。

弓形の眉は美しく、杏子の形をした両眼は長い睫毛に縁取られていた。

鼻は小造りだが、高さがある。唇の形もいい。頬から顎にかけて、男の何かをそそるような色気が感じられる。それでいて、気品もあった。

服装の趣味も悪くない。シルクの長袖ブラウスの上に、薄手のカーディガンを羽織っていた。下はフレアスカートだ。

「担当検事さんが変わられたんですね？」

「いいえ、そうじゃないんです。わたしは室井氏の事件の担当じゃないんですよ」

「どういうことなんでしょう？」

「個人的な関心から、お邪魔する気になったんです。担当検事は、ご主人が供述を変えたことで、かえって疑いを強めたようです。しかし、わたしは室井氏をシロだと思っています。別に根拠があるわけではないんですが、そんな気がしてるんですよ。

言ってみれば、勘みたいなものなんですがね」

千本木は思いついた嘘を喋り、コーヒーカップを持ち上げた。マイセンだった。

「ありがとうございます。地検の中に、あなたのような検事さんがいらっしゃると、心強くなります。どうか主人の無実を……」

「室井氏の力になってあげたいんですが、担当検事に横から何か言うわけにはいかないんですよ。セクショナリズムってやつがありますんで」

「そうでしょうね」

「それでも、わたしが確かな裏付けを取れば、担当検事に横槍を入れることも可能です。ですから、ぜひとも協力していただきたいんですよ」

「もちろん、協力させていただきます」

佳津恵が真剣な表情で言い、まっすぐ千本木の顔を見た。

縋るような眼差しは、ぞくりとするほど艶っぽかった。千本木は少したじろぎ、ブラックコーヒーを啜った。やはり、ブルーマウンテンだった。

「わたしは、主人が轢き逃げしたなんて思えないんです。きっと室井は、身替りとして自首することを誰かに強いられたにちがいありません」

「ご主人が、あなたにそう言ったんですか？」

「いいえ、主人とは未だに面会も許されてないんです。室井が逮捕されてから、毎日、四谷署に出向いてるんですけどね。差し入れの品を刑事さん経由で渡してもらえるだけで、会わせてはもらえないんですよ」

「室井氏と会うことも許されなかったんですか⁉」

「はい、一度も」

「それはひどいな。基本的には家族が被疑者と接見したり、直に差し入れの品を手渡すこともできるんですよ」

「わたしも他人から、そう聞いてたんですけどね。でも、あれこれ理由をつけられて、結局は衣類や食料品などの差し入れを間接的に渡すことしか許されなかったんです」

佳津恵が悔しそうに下唇を嚙んだ。

「明日から面会できるよう担当検事にそれとなく言っておきましょう」

「よろしくお願いします」

「ご主人、食事は留置場の配食だけを摂られてるんですか？」

「朝食と昼食は、そうですね。でも、夕食は指定の仕出し屋さんから自費でお弁当を取ってるんです」

「そういう被疑者が多いんですよ」

千本木はセブンスターに火を点けた。

留置場の食事は一日三回だが、質量ともに劣る。ひとり当たりの予算は、一日八百円前後だ。朝食の献立は、具の少ない味噌汁一杯に食パン二切れと小さなマーガリンがつく。和食を希望すると、麦入りの米飯に二、三切れの沢庵を与えられる。昼食は、小さな焼き魚と佃煮入りの弁当と白湯一杯である。夕食は、たいていコロッケか魚フライ弁当だ。

献立は各警察署によって、まちまちだが、内容に大差はない。粗食に耐えられなくなった被疑者は、自弁食の定食弁当やカツ丼などを指定業者に届けてもらっている。

「話を戻させてもらいますけど、室井は八月の末ごろから、なんとなく様子がおかしかったんですの」

「どんなふうにです？」

「自分が家にいないときは、いつも電話には直に出ないで、留守録音モードにしておけと言ったり、ひとりでの外出を控えろと言ったり」

「誰かが奥さんに危害を加える恐れがあると警戒してたようだな」

「そうだったんだと思います。でも、主人は何に怯えてるのかは話そうとしませんでした」

佳津恵が言って、コーヒーカップに手を伸ばした。

「ご主人が何に怯えてたのか、見当はつきません？」

「もしかしたらということが一つだけあります。先月の上旬の夜のことですけど、室井は大学時代のクラス会の帰りに、ちょっとした接触事故を起こしたんです」

「どこでです？」

「駒沢競技場から少し奥に入った裏通りです。路上駐車してたキャデラック・セビルがウインカーも出さずに、急発進したらしいんです。それで、その車の横を走り抜けようとしていた室井のクラウンは避けきれずにキャデラックの右側のフロント部分を傷めることになりました」

「明らかに、先方が悪いな」

「ええ。それで、室井は相手のドライバーに文句を言うつもりだったらしいんです。でも、キャデラック・セビルを運転してたのは、ひと目で暴力団員とわかる五分刈りの男だったそうです」

「五分刈りのやくざですか？」

千本木は問い返した。

「はい。三十七、八歳の大柄な男だったとか。その男は関西弁で一方的にまくしたて、室井を突き飛ばしたらしいんですよ」

「関西弁を使ってた？」

「はい。あのう、それが何か？」

佳津恵が訝しそうな顔を向けてきた。

千本木は首を横に振った。頭の中には、当たり屋グループの岩佐徹のことが浮かんでいた。

「相手が柄の悪い男なんで、主人は言いたいことも言えなくなってしまったそうです。それで、結局は自分のほうが不注意だったと謝罪させられたということでした」

「謝っただけで、事が済んだんですか？」

「いいえ。その場で修理代と称して財布から十万円を抜かれて、さらに銀行のキャッシュカードも取られたらしいんです。それから、運転免許証も見せろと言われたようです」

「相手の男は、ご主人のお名前や自宅の住所もメモしたんでしょうね？」

千本木は確かめた。

「ええ、手帳に書き留めたそうです。それから、キャッシュカードの暗証番号も言わされたと申してました」

「男は勝手に、ご主人の口座からお金を引き出す気になったんだな」

「そうだったんだと思います。それで主人は翌朝、銀行にカードの紛失届を出したんです」

「それで、事なきを得たわけか」

「ええ、お金のほうはね。ですけど、カードが使えなくなった男はとっても怒って、数日後にここに電話をしてきたんです」

「金の要求ですね？」

「そうだったそうです。電話がかかってきたとき、わたしはお風呂に入ってたんですよ。主人は、修理代として三百万円も要求されたそうです」

「めちゃくちゃな話だな。その男は、悪質な当たり屋なんでしょう」

「室井もそう思ったんで、警察に事故届を出してもいいと、相手の要求を突っ撥ねたらしいんです。そうしたら、先方は『この決着は、きっちりつけさせてもらうで』と捨て台詞を吐いて乱暴に電話を切ったというんです」

佳津恵が言って、コーヒーをひと口含んだ。上品な飲み方だった。

「その後、何か脅迫じみたことは？」

「室井はわたしには絶対にそういうことはされなかったと言ってましたが、いつもおどおどしてましたから、おそらく五分刈りの男に脅迫されてたんでしょう」

「そいつの名前は？」

「湯浅、いいえ、岩佐です」

「そうですか」

危うく千本木は、驚きの声をあげそうになった。神宮前五丁目の夜道で刺殺された折戸正明も、当たり屋グループのボスらしい岩佐徹に脅されていたと考えられる。

そして、室井護も同じ男に脅迫されていたようだ。単なる偶然にすぎないのだろうか。なんとなく釈然としない。

といっても、折戸正明と室井護にはなんの接点もなかった。おそらく二人は、一面識もなかったのだろう。

二人が相前後して岩佐という男に脅されていたとしても、それは別に意味のあることではないのかもしれない。たまたま二人が運悪く岩佐の餌食となっただけなのだろう。

「その岩佐という男がどこにいるのかわかればいいんですけど、おそらく主人も居所まではわからないと思うんです。キャデラック・セビルのナンバーもわからないと言ってましたから」

佳津恵が言った。

「その男の居所は、こちらで何とか調べてみましょう」

「わかるんですか？」

「さあ、それは何とも言えません。しかし、岩佐が関西の極道崩れだとしたら、居所がわかるかもしれない」

「ぜひ、お願いします」

「しかし、岩佐が四谷の若葉町で九月三日未明に轢き逃げ事件を起こしたとは考えにくいな。車は、ご主人が会社の鴇田常務から借りたレクサスですからね」

「確かに、その可能性はなさそうですね。仮に岩佐という男がレクサスを盗んで、わざと新聞配達の予備校生を撥ねて、室井を困らせてやろうと考えてたとしても、主人が言われるままに身替り犯になるなんてことは考えられませんから」

「そうですね。ご主人が駒沢で起こしたのは軽い接触事故で、人間を轢いたわけじゃない。相手の言いなりになるほどの弱みでも負い目でもないでしょう？」

「ええ」

「ただ、こうも考えられなくはないな。岩佐は三百万円の修理代をせしめられなかったことで腹を立て、何がなんでも室井氏に仕返しをする気になった。そして、レクサスのテスト運転をしてたご主人を密かに尾けて、目を離した隙に車を乗り逃げし、故意に事故を起こした」

「あっ、そうだとしたら……」

「もう少し喋らせてください」

千本木はいったん言葉を切り、すぐに言い継いだ。

「現場から逃げた岩佐はご主人をどこかに呼び出し、自分の代わりに轢き逃げ事件の犯人として名乗り出なければ、女房に危害を加えるぞと脅した。室井さんは悩んだ末に、身替り犯として四谷署に出頭した。しかし、検事取り調べで、犯行を否認した―

「そういうことも、あり得なくはないと思います。いいえ、そうなんでしょう」

――」

佳津恵が声に力を込めた。

「問題は、荒っぽい当たり屋がそこまで手の込んだことをやるかどうかです。狙ったカモから三百万を脅し取れなかったからって、そこまでやるとは思えないが……」

「ええ、常識では考えられませんよね。ですけど、岩佐という男が異常なまでに執念深い性格なら、そういう仕返しをすることもあるんではないでしょうか。わたしは、あると思います」

「うむ。難しいとこですね。どっちにしても、その男のことを少し探ってみますよ。それから念のために申し上げておきますが、わたしが単独で内偵してることは警察や担当検事にご内分に願います。彼らに知られると、わたしの立場が悪くなりますんで」

千本木はソファから立ち上がった。

そのとき、玄関ホールで固定電話が鳴った。佳津恵は腰を浮かせたものの、電話機に歩み寄ろうとしない。

「どうぞ遠慮なさらずに、電話に出てください。わたしは、勝手に失礼させてもらいますので」

「それじゃ、ちょっと失礼いたします」

「ええ、どうぞ」

千本木はにこやかに応じた。

佳津恵が先に玄関ホールに出て、受話器を摑み上げた。千本木は少し後から、応接間を出た。玄関マットに達したとき、背後で佳津恵が驚きの声をあげた。ただならぬ気配だった。

千本木は体ごと振り返った。

ちょうどそのとき、佳津恵が異様な叫びを放った。そのまま膝から崩れ、号泣しはじめた。

「どうされました？　何があったんです？」

千本木は腰を屈め、佳津恵に問いかけた。

しかし、佳津恵は泣きじゃくったままだった。受話器のコードが電話台から垂れ下がり、くるくると回っていた。

受話器から、男の呼びかけの声が洩れてくる。千本木は受話器を素早く摑み、耳に当てた。

「電話、替りました」

「おたくは？」

「知り合いです。そちらは?」

「四谷署の者です。少し前に、室井護被疑者が亡くなりました」

「なんですって⁉ 彼は病死なんですね?」

「いいえ、そうじゃないんですよ。事故というか、いや、事件になるのかな」

相手の答えは歯切れが悪かった。

「いったい、どういうことなんです?」

「はっきりしたことはわかりませんが、室井被疑者が警察指定の仕出し屋から自弁で取った定食弁当の中に、毒物が混入されてたんですよ。被疑者はうっかり毒物入りのおかずを食べてしまって……」

「毒物は何だったんです?」

「そこまではわかりません、現段階では。そういうわけですから、ご身内のどなたかに署のほうに来ていただきたいんですよ」

「室井氏は留置場内で亡くなったんですか?」

千本木は訊いた。

「そうです。夕食を摂(と)りはじめてから、一、二分してね。同じ房にいた連中の話によると、室井被疑者は喉と腹を押さえて全身を痙攣(けいれん)させ、間もなく息絶えたそうです」

「青酸化合物か何かだな」

「おそらく、そうでしょう。明日、解剖することになると思います」

「そう」

「奥さん、だいぶショックを受けたようですが、大丈夫ですかね？　お気の毒ですが、そういうことです。失礼します」

電話が切られた。

千本木は受話器を置いた。

曾根サキを葬った犯人が室井護の口を封じる気になったのか。そうだとしたら、その人物が轢き逃げ事件の真犯人と考えられる。

佳津恵の嗚咽は悲鳴に近かった。

千本木は玄関ホールの床に膝を落とし、佳津恵の震える肩にそっと手を置いた。佳津恵が両腕で千本木に抱き縋り、一段と高く泣いた。

痛ましかった。千本木は慰めの声もかけられなかった。しばらくすると、ようやく佳津恵の泣き声が熄んだ。

「残念ですね。お辛いでしょう」

「室井がなぜ毒殺されなければならないんでしょうか？」

「いまは、そのことは考えないほうがいいな。わたしの車で、四谷署まで送りましょう」

「ご迷惑をかけます。わたし、仕度をします」

佳津恵が涙声で言い、すぐに立ち上がった。手で顔を隠し、洗面室のある方に駆けていった。

千本木は靴を履き、先に玄関を出た。

外は暗くなっていた。千本木は上着のポケットを探り、煙草と簡易ライターを摑み出した。妙なことになってしまったが、逃げ出すわけにはいかない。

千本木は吐息をつき、夜空を見上げた。

星は見えない。明日は雨になるのか。

第三章　偽装工作の裏側

1

背中に銃口を押し当てられた。

四谷署の斜め前の歩道だ。佳津恵が署内に消えた直後だった。

千本木は首だけを捩った。

後ろに、馬面の瘦せた男が立っている。先夜、多摩川の土堤でカーチェイスをやった二人組の片割れだ。

「こないだはうまく逃げたな」

「てめえ、何を探ってやがるんだっ」

男が圧し殺した声で凄んだ。

「なんの話をしてるんだ？」

「とぼけやがって。まあ、いいさ。ちょっとつき合ってもらうぜ」

「誰かとおれを間違えてるようだな」

千本木は言いながら、さりげなく周りを見回した。仲間の剃髪頭の姿は見当たらない。

「歩け」

「逆らったら、どうする？」

「すぐに撃いてやらあ」

「警察署の前で、ぶっ放す気か。いい度胸してるな」

「てめえ、おれをからかってやがるのかっ。ふざけやがって！」

男が銃口を強く押しつけてきた。

消音器は装着されていない。感触で、すぐにわかった。

ここで、ぶっ放せるはずがない。千本木は少しも恐怖心を覚えなかった。その気になれば、男の手から拳銃を奪うこともできそうだ。

しかし、千本木は敢えて抵抗しないことにした。男の正体を突きとめるチャンスだと考えたのだ。

「さっさと歩けや」

痩せた男が焦れた声で言い、膝頭で千本木の尾骶骨を力まかせに蹴った。千本木は反撃したい衝動を抑え、足を踏みだした。

四谷署の裏手まで歩かされた。

そこには、フォードのエクスプローラーが停まっていた。左ハンドル仕様の四輪駆動車だ。

運転席には、上背のある剃髪頭の男が坐っていた。

「乗んな」

顎のしゃくれた痩身の男に命じられ、千本木はエクスプローラーの後部座席に乗り込んだ。すぐに痩せた男がかたわらに坐り、銃口を脇腹に押しつけてきた。

「拳銃をちょっと見せてくれないか。おれ、ガンマニアなんだ」

千本木は言った。

「ふざけてんじゃねえ」

「ハイポイント・コンパクトかな？」

「てめえと遊んでる暇はねえんだよ。こいつで目を隠しな」

馬面男が黒っぽい上着の左ポケットから、安眠マスクを抓み出した。

千本木は素直に安眠マスクをかけた。ほとんど同時に、四輪駆動車が走りはじめた。

「折戸から何か預かったろうが！」

顔の長い男が言った。

「何かって何だい？」

「世話焼かせんじゃねえよ。折戸の奴は、てめえに何か渡してるはずだ」

「写真とICレコーダーのことかい？」

千本木は鎌をかけた。

「そうだよ。そいつは、どこにあるんでえ？」

「なんか危いことに巻き込まれそうな悪い予感がしたんで、どっちも焼却しちまったよ」

「てめえ、そんな話が通用すると思ってんのかっ」

馬面の男が声を張った。

「ほんとに燃やしたんだ」

「写真、見たよな？」

「いや、見なかったよ。それから、録音音声も聴かなかった。好奇心はあったんだが、妙なことに巻き込まれたくなかったんでな」

千本木は答えた。

「言ってることがおかしいじゃねえかっ。そんな野郎が、なんで折戸の通夜にのこのこ出かけやがったんでえ？」

「折戸って男は、おれの目の前で死んだんだ。まるっきりの赤の他人だが、線香の一本ぐらいは手向けたくなるだろうが」

「てめえの話をすんなり信じるほど、おれたちは甘かねえぜ」

痩せた男が、せせら笑った。

「折戸って奴に、どんな弱みを握られたんだ？」

「そんなこと言えるかよ。それに、どうせてめえは録音音声を聴いてるんだろうしな」

「あんた、疑い深い性格だな。ガキのころから、だいぶ苦労したらしいな」

「うるせえや」

「子供のころから人に裏切られつづけてりゃ、性格も暗くなるよな。ちょっとは同情してやってもいいぜ」

千本木は茶化した。

すると、馬面男が急に拳銃の銃把(グリップ)の底で千本木の左の太腿(ふともも)を打ち据えた。千本木は、筋肉を張ってダメージを弱める余裕はなかった。

筋肉に激痛が走り、骨まで軋(きし)んだ。思わず呻(うめ)いてしまった。

「また、おれを虚仮(こけ)にしたら、今度は頭(ペテン)をぶっ叩(たた)くぜ」

「わかったよ」

千本木は口を結んだ。

いつしか四輪駆動車は、表通りに出ていた。どうやら新宿通りのようだ。二人組のアジトに連れ込まれるのだろう。

「さっきのマブい女は誰なんだよ？」

運転席の男が問いかけてきた。

「ちょっとした知り合いさ」

「まさか女性警察官（ジョケイ）じゃねえよな？」

「ただの主婦さ」

千本木は、佳津恵のことを明かす気はなかった。

「警察（サツ）になんの用があったんだよ、あの女はさ」

「数日前に盗まれたスクーターが四谷署管内で見つかったとか言ってたな」

「ふうん。あの女が警官（マッポ）だったら、両手に手錠掛けてバックから突っ込んでやるんだがな。ほんと、色っぽい女だったぜ」

「何度も婦女暴行罪（ツッコミ）で逮捕（パク）られたようだな」

「うるせえんだよ、てめえはー」

剃髪頭（スキンヘッド）の男が喚（わめ）いた。千本木は口の端を歪（ゆが）め、どちらにともなく声をかけた。

「おれを昼間から尾（つ）けてたんだろ？」

「まあな」

馬面の男が答えた。

「どの程度まで調べ上げたんだ、おれのことを？」

「名前は千本木創、元東京地検特捜部の検事だよな。いまは、しけた法律コンサルタントをやってる。だから、てめえは折戸から預かった物でひと儲けする気になって、いろいろ嗅ぎ回ってやがったんだろうが？」

「昔、検事だったおれが恐喝めいたことをしようとしてたって⁉　いくら貧乏してたって、そこまで堕ちちゃいないよ」

千本木は、さも心外そうに言った。

「いや、てめえはなかなかの喰わせ者だ。おれの目に狂いはねえよ。てめえは、人生を棄てちまってるように見えるからな」

「おれをそのへんのヤー公と一緒にしないでくれ」

「おれたちとは違うってわけか。そうだろうよ、元エリート検事さんだからな」

「あんたたち、どこの組の人間なんだい？　どうせ金で誰かに雇われたんだろう？」

「もう黙んな」

馬面の男が言って、銃口で千本木の肋骨を強く押した。

千本木は口を噤んだ。四輪駆動車は道なりに進み、やがて左折した。さらに幾度か道を曲がり、地下駐車場らしい所に潜り込んだ。

ほどなくエクスプローラーが停まった。

安眠マスクが乱暴に引き剝がされた。千本木は窓の外を見た。やはり、ビルの駐車場だった。

「降りるんだ」

痩せた馬面の男が、千本木を車から引きずり出した。

男は上着の裾で巧(たく)みに拳銃を隠していた。黒い銃身が数センチ見えるだけで、型(タイプ)まではわからない。

運転席から降りた剃髪頭(スキンヘッド)の男が走り寄ってきて、千本木の片腕をむんずと摑(つか)んだ。白いブルゾンに、縞柄(しまがら)のスラックスという身なりだった。

二人組に左右を固められた千本木は、従順にエレベーター乗り場まで歩いた。まだ八時過ぎだったが、人影は見当たらなかった。

三人はエレベーターに乗った。

扉が閉まると、千本木は痩せた男に確かめた。

「新宿のあたりだな？」

「まあな」

「おれを組事務所に連れ込んで、痛めつけるって筋書きか」

「さあね」

男はにやついて、しゃくれた顎を撫(な)でた。

エレベーターは十階まで上昇した。

　三人はホールに降りた。雑居ビルのようだ。小さな事務所が並んでいる。

　剃髪頭（スキンヘッド）の男が先に進み、いちばん奥の部屋のドア・ロックを外した。ドアのプレートには、K企画と記（しる）してあった。

　千本木は痩せた男に背を押され、剃髪頭（スキンヘッド）の後から部屋に入った。

　事務所として使われているようだ。スチールデスクが三卓あった。三十平方メートルほどの広さだ。

　衝立（ついたて）の向こうに応接セットが置かれている。衝立を回り込んだとき、千本木は息を呑（の）んだ。

　長椅子に全裸の若い女が横たわっていたからだ。日本人ではない。東南アジア系の顔立ちである。肌はクッキーブラウンだった。

　女は後ろ手に針金で縛られ、口は粘着テープで封じられていた。両方の足首には、ボウリングボール大の鉄球付きの足枷（あしかせ）が括（くく）りつけられている。

　女はどこか表情が虚（うつ）ろだ。腕の内側と内腿に無数の注射痕（こん）が見える。

「彼女はタイ人か？」

　千本木は痩せた男に問いかけた。

「ああ。仲間を唆（そそのか）して逃げ（フケ）ようとしたんで、ちょいとお仕置きをな」

「覚醒剤（シャブ）漬（づ）けにして、逃げられないようにしたわけか」

「そういうことだ。バンコクから仕入れた女どもには、それなりの投資をしてるんだよ。たっぷり稼いでもらわなきゃ、商売にならねえ」

「女たちには客を取らせてるんだな」

「ああ。ちょっとかわいい娘だろ？　チェンマイの出身だよ。ノイって名前なんだ。二十二歳だったな」

馬面の男が言って、仲間に目配せした。

剃髪頭の男がタイ人娼婦に近寄り、両手の縛めを解いた。口の粘着テープも剝がした。

ノイが気だるそうに上体を起こし、たどたどしい日本語で訴えた。

「あたし、苦しいよ。あの注射、早く早く」

「その前にやることがあるだろうがよ。え？」

「わかってる。あたし、やるよ」

「いい子だ、いい子だ」

頭髪を剃り上げた体格のいい男が言って、股間を突き出した。

ノイが坐り直し、男のスラックスのファスナーを引き下げた。馴れた手つきだった。

ペニスが引き出された。黒光りしている。巨根だが、まだ力は漲っていない。ノイが男の性器に唇を被せた。

「射けてやる前に、いつもくわえさせてるのか？」

千本木は痩せた男に訊いた。

「まあな。あいつは、しゃぶるのが好きなんだよ」

「おれに妙なものを見せて、どうする気なんだっ」

「すぐにわからあ」

痩せこけた男が薄い唇をたわめ、上着の下から拳銃を取り出した。

ヘッケラー＆コッホP7だった。ドイツ製の自動拳銃だ。

全長は十七センチ弱しかない。弾倉には九ミリのパラベラム強装弾が八発入れられる。予め薬室に初弾を送り込んでおけば、装弾数は九発だ。

まだスライドは引かれていない。馬面の男がポケットから取り出した筒状の消音器を手早く装着し、スライドを引いた。

すぐに拳銃を奪うべきか。

千本木は迷った。奪う自信はあったが、二人組がノイを弾除けにすることも考えられる。もう少し様子を見たほうが良さそうだ。

剃髪頭の男がノイの頭を両手で抱え、自ら腰を躍らせはじめた。

荒々しいイラマチオだった。ノイは息が詰まるらしく、何度も苦しげに呻いた。泣いているような顔つきだった。強く突かれて、絶えず乳房が揺れている。

数分後、男は呻いて射精した。ノイが口をすぼめた。

「最後の一滴まで舐め取れよ」

剃髪頭はそう言いながら、なおも前後に動いた。

ノイは命じられたことをやり終えると、男にせがんだ。

「早く注射して」

「わかったよ。ちょっと待ちな」

剃髪頭の男はスラックスの前を整え、ブルゾンの左ポケットを探った。

摑み出したのは、蝦蟇口型の茶色い革ケースだった。中には覚醒剤のパケ、注射器、蒸留水の入った小さな容器、プラスチックの小皿などが詰まっているのだろう。

「シャブ中にさせちまったら、その娘はまともに稼げなくなるだろうが！」

千本木は見かねて、剃髪頭に言った。

男は黙殺し、摑み出した赤い小皿に白い粉を落とした。プラスチック容器から蒸留水を滴らせ、小指の先で入念に掻き回す。

次に剃髪頭の男は注射器に針をセットし、白く濁った液体を少しずつ吸い上げた。

すぐにプランジャーを軽く押し、注射器内の空気を抜く。

「それ、早く欲しいよ」

ノイが左腕を差し出した。

「腕じゃない。長椅子に横になりな」

「腿に注射する？　そうね」

「いいから、言われた通りにしろい」

剃髪頭（スキンヘッド）の男が面倒臭そうに言った。

ノイが足枷の鉄の塊の一つを両手で抱え、横向きに長椅子に腰かけた。もう一つの鉄の玉を同じようにソファに移し、仰向（あおむ）けになった。

短冊（たんざく）の形に生えた黒々とした恥毛は、そそけ立っている。注射器を持った男が長椅子の前に両膝をつき、ノイの繁（しげ）みを掌（てのひら）で掻き上げた。

「どこ？　どこに注射する？」

「いつもと同じとこじゃ芸がねえだろうがよ」

「変なとこに注射しないで」

ノイが不安顔で訴えた。

男は大陰唇を押し開いた。蛹（さなぎ）を想（おも）わせる部分が露（あらわ）になった。男は無造作にクリトリスに注射器を突き立てた。包皮の裾野の部分だ。

「痛い！　痛いよ」

ノイが顔をしかめた。

「ちょっとの我慢だ」

「いやだよ、あたし……」

「じっとしてな。動くと、針が折れるぜ」

剃髪頭(スキンヘッド)は言うなり、ポンプを一気に押し下げた。白濁した覚醒剤の溶液は、ノイの体内に吸い込まれた。

「あたし、痛いよ」

「すぐに頭ん中がひんやりして、大事なとこがむずむずしてくらあ」

「なんか変だよ。怖いよ、あたし」

ノイは、まだ不安そうだった。剃髪頭(スキンヘッド)の男が注射器を抜き、手早く針を外した。

「今度はてめえの出番だ」

瘦身の男が千本木に言った。

「おれの出番？」

「そうだよ。スラックスとパンツを脱いで、ノイの腹の上に乗っかんな」

「彼女をレイプしろって言うのか⁉」

千本木はノイを見ながら、思わず大声をあげた。

「そういうことだ。てめえがノイを犯してるとこを動画撮影しようってシナリオよ。そうすりゃ、てめえは下手に動けなくなる。それに、写真と録音音声データの隠し場所も喋(しゃべ)る気になるだろうからな」

「どっちも焼却したって言っただろうがっ」

「おれたちは素人(トウシロ)じゃねえ。てめえの嘘(うそ)ぐれえ見抜けるんだよ。早くノイの上にのしかかって、突っ込みやがれ！」

痩せた男が喚(わめ)き、ヘッケラー&コッホP7を構え直した。

いつの間にか、剃髪頭(スキンヘッド)はスマートフォンを構えていた。ノイは瞼を閉じ、苦痛と心地よさの入り混じった顔つきになっていた。

「わかったよ。おれの負けだ」

千本木はベルトを緩(ゆる)める振りをして、拳銃を握った男との距離を目で測(はか)った。

二メートル前後しか離れていない。千本木はノイの裸身を眺めながら、不意に間合いを詰めた。

「てめえ！」

男が引き金に指を絡めた。

千本木は逃げなかった。逆に相手の内懐に入り、すぐに拳銃を持つ右手を捻(ひね)り上げた。空いている手で、素早くドイツ製の自動拳銃を奪い取る。

千本木は、捉(とら)えた右腕をそのまま肩まで一気に捩(ねじ)上げた。

関節が外れた。男が獣じみた声を放ち、前屈(まえかが)みになった。

千本木は男の足を払った。

痩せた男が横転して、ソファごと床に引っくり返った。グレイシー柔術の基本的な護身技だった。グレイシー柔術とは、ブラジルの格闘技の雄であるエリオ・グレイシーが日本古来の柔術に独特の秘技を加えて完成させた格闘技だ。

ブラジルに日本の柔術が伝えられたのは、一九一〇年である。はるばる日本古来の武道の伝授に出向いたのは、当時、日本で最強の柔術家と呼ばれたコンデ・コマこと前田光世だ。まだ少年だったエリオ・グレイシーは、武道家の兄とともに柔術の魅力に取り憑かれた。

柔術をマスターすると、彼は七十年の歳月をかけて自らの秘技を取り込み、グレイシー柔術を生みだした。華麗な組み技とチョーク・スリーパーなど絞め技は、世界最強の格闘技とさえ言われている。

現に世界各地で行われているルールなしの異種格闘技大会では、グレイシー柔術の格闘技家が優勝を重ねている。

また、創始者のエリオ・グレイシーの二人の息子がビデオのプロモーションのために来日したこともあって、グレイシー柔術の人気は上昇中だ。

中・高校生時代に柔道と少林寺拳法を習っていた千本木は、大学時代にグレイシー柔術に転向した。すでに基本技はすべて身につけているが、ことに寝技での絞め技が得意だった。

しかし、闘う相手が複数の場合は、不用意には寝技に持ち込めない。ひとりと組み合っている間に、別の敵に攻撃されるからだ。

「て、てめえ、撃（ハジ）く気かよ」

剃髪頭（スキンヘッド）が言いざま、スマートフォンを投げつけてきた。

千本木は、わずかに身を傾けただけだった。スマートフォンが後ろの壁にぶち当たり、床に落ちた。

その落下音で、ノイが跳ね起きた。

次の瞬間、剃髪頭（スキンヘッド）の男がノイに組みつく気配を見せた。彼女を楯（たて）にする気になったのだろう。

千本木は高く跳（と）んだ。

宙で、左右の足を連続して飛ばす。少林寺拳法の飛連（ひれん）蹴りだ。

蹴り足は、相手の胸と下腹にめり込んだ。頭を剃り上げた男が尻（しり）から床に落ち、後方に倒れた。千本木は走り寄って、起き上がりかけた男の顔面を蹴り上げた。

男が体を縮め、転げ回った。

千本木は男に馬乗りになり、眉間（みけん）と側頭部を拳（こぶし）で殴りつけた。剃髪頭（スキンヘッド）の男は白目を剝きながら、気を失った。

瘦せた男は床に俯（うつぶ）せになって、肩の痛みを訴えている。

千本木は自動拳銃の安全弁を掛け、瘦身の男に跨(また)がった。サイレンサーの先端を男の後頭部に当てる。

「おまえら、どこの者(もん)だっ」

「言えねえよ、そんなこと」

「なら、頭がミンチになるぜ」

「堅気(ネス)に撃(ハジ)けるわけねえ」

「そうかな。なら、試(ため)してみよう」

「や、やめろ！　おれたちは関東義誠会矢沢組の者だよ」

男が口を割った。関東義誠会は首都圏を縄張りにしている広域暴力団だ。

「名前は？」

「嶋(しま)ってんだ」

「剃髪頭(スキンヘッド)の奴は？」

「北原(きたはら)だよ」

「誰の命令で動いてるんだっ」

「………」

「おまえ、視力は？」

「な、何なんでえ、急によ。おれは両方とも一・二さ」

「なら、眼鏡をかける必要はないな」

「言ってる意味がわからねえよ」

「すぐに、わかるさ」

千本木は拳銃のセーフティーを外し、嶋と名乗った男の左耳を横一杯に引っ張った。外耳に消音器の先端を当て、引き金を無造作に絞った。

ほとんど同時に、嶋が絶叫した。

耳に穴が開き、鮮血が噴いている。貫通した弾は床で撥ね、天井の電灯を砕いた。

ノイが悲鳴をあげた。

「怖がらなくてもいいんだ。きみに乱暴なことはしないよ」

「あなた、誰？」

「そんなことより、早くここから逃げろ。足枷の鍵はどこにあるんだ？」

千本木は訊いた。すぐにノイが問い返してきた。

「足枷？　それ、なんのこと？　あたし、わからない」

「足に括りつけられてるやつだ」

「ああ、わかる。それなら、あなたの下で唸ってる男が持ってるよ」

「そうか。待ってろ」

千本木は嶋のポケットをことごとく探り、鍵を取り出した。それをノイに投げる。

ノイがうまくキャッチし、足枷を外した。

「きみの服は、どこにある？」

「多分、ロッカーの中にあると思うね」

「服を着たら、好きなとこに逃げろ」

「逃げたいけど、あたし、逃げられないよ。覚醒剤（スピード）ないと、あたし、何もする気になれないね。だから、逃げない」

ノイが言った。

「何を言ってるんだっ。いまなら、まだ間に合う。ここにずっといたら、ジャンキーになって廃人になるだけだぞ」

「わかったよ。あたし、逃げることにする」

「急げ」

千本木は大声を張り上げた。

ノイが長椅子から離れ、部屋の隅のスチールロッカーに走り寄った。ロッカーから取り出したランジェリーや衣類をまといはじめた。

「て、てめえ、ノイを逃がしやがったら……」

嶋が呻き声で凄（すご）んだ。

「粋（いき）がってると、もう片方の耳にも穴を開けるぜ」

「く、くそー」

「くそはおまえだ。折戸正明を殺ったのは、おまえらじゃないのかっ」

「おれたちは殺ってねえ。ほんとだよ。おれたちは岩佐さんに頼まれて、折戸って奴の家に妙な探りを入れてる人間がいたら、取っ捕まえてくれって言われただけなんだ」

「岩佐だって？　誰なんだ、そいつは？」

千本木は空とぼけて、そう問いかけた。

「おれと同じ稼業だよ。関西で極道やってたんだ」

「岩佐は関西のどっかの組を破門になって、関東義誠会に足つけたんだな。矢沢組に入ったのか？」

「そうじゃねえよ。岩佐さんとは、刑務所で一緒だったんだ。いろいろ世話になったから、断れなかったんだよ」

「岩佐って男に頼まれたのは、それだけじゃないんだろうが」

「え？　それだけだよ」

「室井護って男のことでも、何か頼まれたんじゃないのかっ」

「そんな奴のことは一度も聞いたことねえよ。ほんとだ、嘘じゃねえって」

「まあ、いいさ」

「おれたちをどうするんでえ？」

「しばらく、おねんねしててくれ」

「おねんね？」

嶋が振り返りかけた。

千本木は拳銃を左手に持ち替え、右腕で嶋の首を絞め上げた。嶋は唸りながら、すぐに悶絶した。

千本木は立ち上がった。派手なワンピースを着たノイが近くにたたずんでいた。

「あたし、友達のアパートに行く。でも、お金がない。どうしたら、いいの？」

「その友達は、どこに住んでるんだ？」

「高円寺」

「タクシーで友達のアパートに行きなよ」

千本木はポケットを探り、一万円札をノイに渡した。ノイは何度も礼を言い、事務所から出ていった。

千本木は銃把からマガジンを抜き、ヘッケラー＆コッホP7をコーヒーテーブルの上に置いた。スチールデスクの引き出しを次々に開けてみたが、女弁護士殺しに結びつくような物は何も見つからなかった。

千本木はK企画を出て、エレベーターに乗った。

雑居ビルは、歌舞伎町の風林会館のそばにあった。千本木は区役所通りに出て、靖国通りまで歩いた。タクシーを拾い、四谷署の近くまで引き返す。

サーブは駐めたままの状態だった。

千本木は車に乗り込み、大田区の北千束に向かった。五十分弱で、岩佐徹の塒に着いた。

九階建てのマンションだった。集合メールボックスで部屋を確かめる。岩佐の部屋は四〇五号室だった。

千本木は宅配便の配達員を装って、部屋のインターフォンを鳴らした。

だが、なんの応答もなかった。外出してるようだ。戻ってくるまで、車の中で張り込むことにした。

千本木は四〇五号室から離れた。

2

マンションの前にタクシーが停まった。

午前零時過ぎだ。千本木はサーブの中で目を凝らした。

タクシーの客が降りた。三十七、八歳の小太りの男だった。

五分刈りで、どことなく崩れた感じだ。岩佐徹だろう。酒気を帯びている様子だ。

千本木は静かに車を降りた。

タクシーが走りだした。岩佐らしい男がマンションのアプローチに向かった。

千本木は足を速めた。五、六メートル進むと、男が気配で振り向いた。すぐに肩をそびやかした。

「なんや？　わしになんぞ用があるんかっ」

「岩佐徹だな」

「そやけど、誰やねん？」

「警察の者だ」

千本木は刑事になりすました。

「わしが何したっちゅうんや？」

「関東に流れてきて、仲間と当たり屋やってることはわかってるんだ」

「令状（オフダ）見せえや」

「ここじゃ、暗くてわからんだろう。おまえの部屋で令状を読んでやる」

「なめとんのか！」

岩佐が腰の後ろに手を回し、何かを引き抜いた。匕首（あいくち）だった。刃渡りは十七、八センチだ。

千本木は動かなかった。

岩佐が刃物を大きく振り被った。千本木は前に出て、左手で相手の利き腕をひとまず遠ざけた。同時に、右手で岩佐の後ろ襟を摑む。

岩佐がもがいた。

千本木は左手を滑らせ、岩佐の右手首をホールドした。すかさず腰を入れ、岩佐を跳ね腰で投げ飛ばす。

岩佐が腰を強かに打ちつけ、野太く呻いた。倒れた弾みに、刃物が路上に落ちた。

千本木は匕首を横に蹴り、岩佐の腰を膝頭で押さえつけた。そのまま、肩の関節を攻める。

「ほ、骨が折れるやないけ。おい、放さんか。こら、放せ言うとんのや。あほんだら、いてこますぞ」

「それだけ悪態つけるんだから、まだ攻め方が甘いようだな。一気に極めてやるか」

「やめんかい。腕がブラブラになってしもうたら、好きな女も抱けんようなるやないけ」

「もう妙な真似はするんじゃないぞ」

「せんわ。約束するさかい、手え放してんか。痛うて、涙が出そうや」

岩佐が泣きを入れた。

千本木は手を放した。すると、岩佐が這って匕首に手を伸ばした。短刀を摑んだ瞬間、千本木は岩佐の右手の甲を靴で踏みつけた。

岩佐が短く呻いた。

千本木は片足を浮かせ、岩佐の手を押さえている右足に全体重をかけた。岩佐が歯を剝いて唸った。

千本木は、靴の踵で手の甲を踏みにじった。すると、岩佐は仰向けになった。千本木は無言で岩佐の脇腹を蹴りつけ、匕首を拾い上げた。

「あんた、ほんまに刑事なんか？」

「起きろ！」

「いま、起きるがな」

岩佐がぶつくさ言いながら、のろのろと身を起こした。

千本木は岩佐のベルトの下から短刀の鞘を抜き取り、匕首を納めた。岩佐が観念し、マンションの表玄関に足を向けた。

二人はエレベーターで四階に上がった。

四〇五号室は2LDKだった。室内には女物の衣裳や化粧品があったが、女の姿はなかった。

「一緒に暮らしてる女は、クラブかどこかで働いてるのか？」

千本木はリビングから左右の部屋を見ながら、岩佐に声をかけた。

「おれの女はストリッパーや。いま、北陸の温泉街の劇場に出とる」

「で、おまえは羽伸ばしてるってわけか。いいご身分だな」

「そないなことより、早う令状を見せてほしいわ」

岩佐が不貞腐れた顔で言い、リビングソファに腰かけた。

「実は、まだ逮捕状は請求してないんだ」

「なんやと⁉」

「令状がなくても、おまえを銃刀法違反と公務執行妨害罪で現行犯逮捕はできる。それからな、おまえが極道仲間とつるんで首都圏で当たり屋をやってることもわかってるんだ」

「何が目的で、ここに来たんや？」

「おまえに訊きたいことがある」

千本木もソファに腰を沈めた。岩佐の斜め前の席だった。

いざとなったら、すぐに組みつける距離だ。不安はなかった。

「何を知りたいねん？」

「折戸正明のことは知ってるな。昔、損保会社の調査員だった男だよ」

「知っとるけど、それがなんやねん？」

「おまえは折戸に損害保険の不正請求を見破られて、彼を脅したなっ」

「わし、そんなことしてへんで」

岩佐が答えた。目に落ち着きがない。

千本木は両眼に凄みを溜めた。

「正直に話さないと、いずれ後悔することになるぞ」

「脅した言うても、本気でどうこうする気はなかったんや。あん男が邪魔しくさったから、当たり屋もあまり商売にならんようになってん。せやから、ちょっと迷惑料貰おう思って揺さぶってみただけや」

「それだけかい？　折戸を誰かに殺らせたんじゃないのかっ」

「あほなこと言いなや。あんな男を殺っても、なんの得にもならんわ」

「損得を考えられなくなるぐらいに、おまえは折戸に腹を立ててたんじゃないのか？」

「わしは浪花の生まれやで。子供んときから、算盤勘定する癖がついてまんねん。折戸ちゅう奴を殺っても、いいことはあらへん。そんなことするわけないやないか。それに、あん男に腹を立てたんはもうだいぶ前の話や。言うとくけど、わし、そない執念深うないで」

岩佐が腕を組んだ。

「ついでに、室井護のことも話してもらおうか」

「室井ちゅうたら、日東商事の社員やったな」

「そうだ。おまえはキャデラック・セビルを室井のクラウンにわざとぶつけて、修理代と称して現金とキャッシュカードを脅し取ったなっ」

「あれは脅しやないで。双方が話し合うて、示談で済まそういうことになったんや」

「いい加減なことを言うんじゃない！」

千本木は怒鳴りつけて、セブンスターをくわえた。

「先方は内心ビビってたのかもしれんけど、わしは示談や思うとる。そやのに、室井はわしが預かったキャッシュカードの紛失届を出しくさってん。わし、頭にきたさかい、三百万の修理代を請求したんや。けど、室井は払おうとせんかった」

「で、おまえは室井を尾行して罠に嵌める気になった。そうじゃないのかっ」

「罠？　なんのことや？」

岩佐が素っ頓狂な声をあげた。

「おまえは室井が上司から借りて乗り回してたレクサスを隙を見て盗み、その車で四谷若葉町で原付きバイクに乗ってた予備校生をわざと轢き殺した。そして、自分の代わりに室井を轢き逃げ犯に仕立てようとした。そのことが発覚しそうになったんで、室井の弁護士と室井自身も葬ってしまった。そういう推測もできるんだよ」

「ちょっと待てや。室井の轢き逃げのことは新聞やテレビのニュースで知っとったけど、わしは事件に関係ないで。それに、あん男は後で無実だと言い出したんやろ？」

「おまえに脅されて身替り犯になったものの、室井は真実に目をつぶることはできなかったんだろう」

千本木は長くなった灰をクリスタルの灰皿の中に落とし、岩佐の表情をうかがった。憤りで顔が赤らんでいる。疚しさや狼狽は感じられない。

「わし、ほんまに轢き逃げ事件には絡んでないねん。もちろん、室井や弁護士なんか殺ってへん」

「嘘じゃないなっ」

「ああ、ほんまや。誰かが、わしに罪をおっ被せようとしたんやろ」

「思い当たる奴は？」

「おらん、おらんわ」

岩佐が首を大きく横に振った。

「関東義誠会矢沢組の嶋って組員、知ってるな？」

「嶋やて？」

「三十四、五の痩せた男だ。顎がしゃくれた奴だよ」

「その男なら、府中刑務所の雑居房で一緒だったことがあるわ。名前を言われてもピーンとこんかったけど、確かに嶋いう名やったな」

「矢沢組の嶋はおまえに、折戸の通夜で何か嗅ぎ回ってる人間がいたら、取っ捕まえてくれと頼まれたと言ってる」

「嘘や。嶋とはもう半年以上も会うとらんし、電話で話したことかて一度もないんやで」

「ほんとだな！」

千本木は、岩佐の顔を射るように直視した。瞬き一つしなかった。

「ほんまもほんまや。嶋が、なんでわしに濡衣着せよう思うたんやろ？　わし、あん男とはなんも利害関係ないのんに」

「なぜかね」

「冗談やないわ。わし、嶋を締め上げたる」

「やめとけ。また、臭い飯を喰うことになるぜ」

「せやけど、このままじゃ、腹の虫がおさまらへんわ」

「嶋のバックにいる奴は、おれが燻り出してやる。その代わり、おまえはもう当たり屋なんかやめるんだな」

「けど、もう大阪の長谷川組には戻れんのや」

「破門されたようだな」

「そうや。長引いてる不況で遣り繰りがえろうなったんで、組に内緒で野球トトカルチョをやってしもうたん。小指詰めは許してもろたんやけど、組におられんようになってしもうて……」

　岩佐が愚痴った。

「ストリッパーの彼女に泣きついて、照明係か、もぎりの仕事でも世話してもらうんだな」

「そこまでできんけど、産業廃棄物の会社でも興そう思ってたんや。けど、わしが逮捕られたら、その計画もわややな」

「銃刀法違反には目をつぶってやろう」

「ほんまに⁉」

「ああ。しかし、こいつは押収するぜ」

　千本木は匕首の底でコーヒーテーブルを軽く叩き、勢いよく立ち上がった。

「なんで、わしをしょっぴかないんや？」

「おまえが雑魚とわかったからさ」

「言うてくれはりまんな。旦那、何が欲しいんや？　女でっか？　それとも銭でっか？」

　岩佐も腰を浮かせ、揉み手で訊いた。

「おれが、たかり屋刑事に見えるかっ」

「見えんけど、気は心でっしゃろ？」

「なら、おまえの彼女を一晩借りるか」

「かまわんで。どうせリリーは、舞台でいろんな観客とナマ板(いた)ショーやってる女やさかいな」

「冗談だよ。もっと自分の女を大事にしてやれ」

千本木は言って、玄関に急いだ。

部屋を出て、匕首を歩廊(ほろう)の隅に落とす。エレベーターホールに、見覚えのある人影がたたずんでいた。日暮克彦だった。

「岩佐をちょっと揺さぶるつもりで来たんだが、玄関ドアに耳を当てたら、千本木(ボン)さんの声が聞こえたんでね」

「そういうことか」

「岩佐はどうだったんです？」

「奴はシロだな。折戸や曾根先生の事件(ヤマ)、それから室井殺しにも関与してないだろう」

「室井が殺された!?」

「そうなんだ」

千本木は経緯(いきさつ)をかいつまんで話した。口を結ぶと、日暮が言った。

「轢き逃げの真犯人(ホンボシ)が誰かを使って、室井に毒を盛らせたんでしょう」

「ああ、おそらくな。そっちのルートで集められる情報があったら、ひとつ頼むよ。安奈にも協力してもらうつもりだ」

「わかりました。おれは四谷署の捜査本部から極力、情報を引き出してみます。それはそうと、これから歌舞伎町のK企画に行ってみましょうよ。嶋と北原って奴らをとことん痛めつければ、どっちかが後ろにいる人間を吐くと思うな」

「店のほうは大丈夫なのか？」

「ブレンダに売上金の保管を頼んできました。もう店には戻らなくてもいいんですよ」

「なら、つき合ってもらおう」

二人はエレベーターに乗り込んだ。

マンションの前の路上に、日暮のジープ・チェロキーが駐(と)めてあった。千本木と日暮は、それぞれ自分の車に乗り込んだ。先に発進したのは千本木のサーブだった。ジープ・チェロキーがすぐに追ってくる。

歌舞伎町二丁目にある目的の雑居ビルに着いたのは、午前一時過ぎだった。

千本木たちはノックなしで、K企画のドアを開けた。二十三、四歳の眉(まゆ)の薄い男がいるだけで、嶋と北原の姿は見当たらない。

「矢沢組の駆け出しだな？」

千本木は男に声をかけた。男が読みかけのエロ漫画誌を投げ出し、事務用の椅子から立ち上がった。

「なんでぇ、てめえら！」

「嶋たちはどこにいるんだ。病院か？」

「兄貴たちを痛めつけたのは、てめえらなんだなっ」

「おれが少し遊んでやったんだよ。二人はどこにいる？」

千本木は、また問いかけた。

男は後ろのスチールロッカーの扉を開け、鍔のない日本刀を掴み出した。俗に、段平と呼ばれている長ドスだ。

「てめえら、叩っ斬ってやるー」

眉の薄い男が白鞘を払った。

段平が電灯の光を浴びて、ぎらりと光った。刀身は九十センチ近い。

よく磨き込まれ、波の形をした刃文がくっきりと浮かんでいる。反りは小さい。いくらか青みがかっていた。

「千本木さん、おれにひと汗かかせてください。最近、運動不足でね」

日暮がにやりとし、男の前に進み出た。

男が段平を中段に構え、日暮に走り寄った。足を止めるなり、彼は段平を薙いだ。刃風は重かった。しかし、明らかに威嚇だった。切っ先は日暮の体から一メートル近くも離れていた。

日暮が両腕をぶらりと下げたまま、軽いフットワークを刻みはじめた。挑発だった。眉の薄い男が段平を大きく振り被った。日暮が半歩前に出て、すぐに退がった。

段平が振り下ろされた。

空気が縺れた。刃先が床に埋まった。

日暮がほくそ笑み、前に跳んだ。

次の瞬間、アッパーカットが放たれた。パンチは男の顎を砕いた。骨が鈍く鳴る。

男は両腕をV字形に掲げ、そのまま床にぶっ倒れた。まるで棒だった。後頭部を強く打ちつけ、そのまま気を失ってしまった。

「まだパンチは鈍ってないな」

千本木は日暮に言って、床から段平を引き抜いた。段平を握ったまま、失神している男に歩み寄る。

切っ先で男の腹や腿を軽くつついた。数秒後、男が意識を取り戻した。

「嶋はどこにいる？」

「し、知らねえんだ。兄貴たちはおれに留守番しろって言って、どっかに行っちゃったんだよ」

「嶋の家（ヤサ）を教えろ」

「中野に住んでるらしいけど、正確な住所はわからねえんだ」

「ほんとかどうか、体に訊いてみよう」

千本木は刃先を男の右腿に浅く埋めた。だぶだぶの白いスラックスに血がにじんだ。

「やめてくれーっ！　嘘じゃねえよ」

男は涙でくぐもった声で喚（わめ）き、股間から湯気を立ち昇らせはじめた。恐怖に負け、尿失禁してしまったのだ。

「引き揚げるか」

千本木は段平を荒っぽく引き抜き、遠くに投げ捨てた。

日暮が体を反転させた。千本木も踵（きびす）を返した

3

約束の時間は午後三時半だった。

千本木は待ち合わせのコーヒーショップに入り、店内を眺め回した。

まだ三時二十数分だったが、すでに二神安奈は奥のテーブル席に坐っていた。

店はJR四谷駅のそばにあった。道路側は嵌め殺しのガラス窓で、明るい雰囲気の店だ。

若い客が目立つ。

千本木は安奈に歩み寄った。安奈は取材メモを整理していた。卓上には、飲みかけのカプチーノが置いてある。ベージュのパンツスーツ姿だった。

「早いな」

千本木は安奈と向き合った。安奈がうなずき、にっこりと笑った。

きょうも美しい。人目がなければ、唇を吸いつけたいところだ。ウェイトレスがオーダーをとりにきた。千本木はブレンドコーヒーを注文した。

ウェイトレスが遠のくと、安奈が小声で切り出した。

「とりあえず、電話で頼まれたことの報告をするわね。やっぱり、室井護は毒殺されたの。自費で取った定食弁当の厚焼き卵の中に毒物が……」

「青酸カリだったんだろう？」

「ううん、農薬よ」

「というと、パラチオンかな？」

「パラチオンじゃなく、ニッカリン・テップという農薬よ。それが〇・一五グラム、厚焼き卵の中に混入されてたの」

「そのニッカリン・テップというのは毒性が強いのか？」

千本木は低く問いかけ、煙草をくわえた。

「ええ、強いらしいわ。一般的に毒作用が最も強いと思われてる青酸カリの致死量は〇・一五グラムから〇・三グラムなんだけど、ニッカリン・テップの場合は〇・〇六グラムから〇・一五グラムなのよ」

「青酸カリなんか比較にならないほどの猛毒じゃないか」

「ええ、そうね。ニッカリン・テップ剤は、厚生労働省から毒物の指定を受けた農薬なんですって。だから、農業関係者は取り扱いにとても慎重になってるそうよ」

「だろうな。一般の人間も手に入れることはできるのか？」

「販売面で特に規制はないみたいよ。といっても、町のドラッグストアなんかでは売られてないそうだけどね」

「だろうな」

「捜査当局ははっきりとした言及は避けてるけど、スポイトか注射器を使って犯人が注入したんだろうって匂わせてたわ」

安奈がそう言い、上体を反らせた。ウェイトレスが千本木のブレンドコーヒーを運んできたからだ。

千本木は煙草を深く喫いつけてから、火を揉み消した。安奈はコップの水を飲んだ。

ウェイトレスが下がった。

「コーヒー、ブラックで？」

「ああ」

「胃のためには、ほんの少しミルクを落としたほうがいいんだけどね。あっ、ごめん！　別に女房面するつもりはなかったの」

「わかってるよ。話の続きだが、きのうの晩、四谷署で自弁食を取った被疑者は室井のほかに何人いたんだい？」

千本木は上着の内ポケットから、黒い手帳を取り出した。

「三人いたそうよ。ひとりがハンバーグ弁当で、ほかの二人はカツ丼を頼んだんだって。その三人の夕食には毒物が混入されてなかったわけだから、明らかに室井護を狙った犯行よね」

「そう考えてもいいだろう。で、四谷署指定の仕出し弁当屋は？」

「四谷署から数百メートル離れた所にある仕出し専門の『春夏秋冬』よ」

「面白い店名だな」

「ここに来る前に、その仕出し屋に行ってきたんだけど、店主のおじさん、俳句好きなんだって」

「それで、そんな変わった店名にしたわけか。四谷署からの弁当の注文は電話で受けてるんだろ?」

「ええ、そう言ってたわ。いま、店に行かないほうがいいわね」

安奈が言った。

「なぜ?」

「おじさん、弁当の管理が悪いって警察の人に厭味(いやみ)を言われたとかで、とても機嫌が悪いのよ」

「そうなのか。弁当は何人でこしらえてるのかな?」

「経営者のおじさん夫婦と近所のパートの主婦の三人で調理してるらしいわ。でも、きのうの午後はパートの女性が病気で休んだんで、おじさん夫婦だけで注文の弁当や丼物(どんぶりもの)を作ったそうよ」

「室井の定食弁当をこしらえたのは、どっちなんだろう?」

千本木はコーヒーを口に運んだ。

「おかずは半分ずつ作ったと言ってたわ。厚焼き卵は、おじさんがこしらえたそうよ。弁当のご飯やおかずを詰めたのは奥さんのほうだって」

「作った弁当は配達直前まで、調理場に積まれるわけだな」

「ええ、そういう話だったわ」

「配達前、出入りの業者が調理場に入ってなかった？」

「八百屋、米屋、鶏肉屋が注文の品を届けにきたらしいわ。でも、三人とも積み上げた弁当には近づかなかったようね。だから、毒物は配達の途中で混入された疑いが濃いの」

安奈がカプチーノを飲んだ。

「そうなんだろうな。きのうの夕方、四谷署に弁当を配逮したのは？」

「古畑耕次（ふるはたこうじ）という二十三歳の役者の卵よ。配達のアルバイトをしながら、芝居の勉強をしてるんだって」

「その古畑って奴に会ってみた？」

「ええ。きのう、四谷署に向かう途中で、ちょっと変なことがあったらしいのよ」

「どんなことがあったんだって？」

千本木は身を乗り出した。

「イラン人らしい三人組が古畑君の運転してたライトバンの前に立ちはだかって、盛んにペルシャ語と片言の英語で何か話しかけてきたらしいの。彼らの知り合いの何とかって名の男が近くに住んでたはずなんだが、行方がわからないということだったみたいよ」

「つまり、その男の居所を知らないかってことなんだな？」

「ええ。古畑君がブロークン・イングリッシュで懸命に答えてると、三人のうちの口髭を生やした男がライトバンの弁当に気がついて、しきりに売ってくれって言ったらしいのよ。そのとき、三人の誰かがニッカリン・テップ溶液を室井護の定食弁当の厚焼き卵に注射器状のもので注ぎ込んだ疑いが……」

「なるほど」

「そうだとしても、ちょっとわからないことがあるの。毒物を注入した犯人は、きのうの夕食に室井護が定食弁当を注文したことをどうして知り得たかが謎なのよ」

「仕出し弁当屋は注文をコードレスフォンで受けてなかったか？」

「ええ、その通りだったわ。親機は住まいのほうに置いてあって、調理場にはコードレスの子機が置かれてた」

安奈が言った。

「それなら、秋葉原なんかで市販されてる広域電波受信機で簡単に電話盗聴できるな」

「あっ、そうね」

「自弁食の支払いは、五日とか十日単位というケースが多いんだ。おそらく看守は、被疑者の名と注文品目をいちいち電話で『春夏秋冬』に伝えてたんだろう」

「そうだったとすれば、農薬を混入させた犯人は室井護が定食弁当を頼んだことを事前に知ってたわけよね」

「そういうことになるな。どうもイラン人らしい三人組が怪しいね。古畑という配達係の男は、ほかに三人組について何か憶えてなかった？」

千本木は煙草に火を点けた。

「この時間なら、彼、調理場にいるかもしれないわ。ちょっと電話してみようか」

「おれのスマホ、使えよ」

「ううん、自分のでいいわ」

安奈はショルダーバッグを摑むと、店の外に出ていった。

千本木は、ゆったりと紫煙をくゆらせた。安奈が店内に戻ってきたのは、五、六分後だった。

「どうだった？」

千本木は、席についた安奈に低く問いかけた。

「古畑君がいいことを思い出してくれたわ。三人のひとりが、とってもエキゾチックなデザインの箱マッチで煙草に火を点けたらしいの」

「バーかどこかのマッチかな？」

『モハメッド』という店名だったの。NTTで調べてもらったら、上野にあるペルシャ料理店だったわ。これから一緒に行ってみない？　ひょっとしたら、その三人組が店に現われるかもしれないじゃない？」

「そうだな。おれの車のグローブボックスに超小型デジタルカメラが入ってるんだ。その店の従業員やイラン人らしい男の客の顔を片っ端から隠し撮りしよう」

「それは、いい考えだわ。盗み撮りした画像を古畑君に見てもらえば、怪しい三人組が混じってるかどうかわかるものね」

「そうだな。混じってたら、そいつらをマークしよう」

二人はすぐに店を出た。

ふだん安奈は取材に運転手付きの国産大型乗用車を使っている。しかし、この店にはタクシーでやってきたという。関東テレビから、ここまではワンメーターだった。

千本木はサーブの助手席に安奈を乗せ、上野をめざした。

車が九段の北の丸公園に差しかかったとき、スマートフォンが着信音を奏でた。ハンドフリーシステムを使っていた。そのまま通話可能だ。

日暮からの連絡だった。彼には、関東義誠会矢沢組の嶋と北原の行方を追ってもらっていた。

「どうだった？」

「嶋と北原は危くなったんで、どこかに身を潜める気になったようですね」

「中野の嶋の自宅に隠れてる気配は？」

千本木は畳みかけた。

「電気のメーターがまったく動いてなかったから、家の中にはいないと思います。K企画と矢沢組の組事務所を張り込んでみたんですが、嶋たちはどっちにもいないようでした」

「そう」

「なんだったら、おれ、組事務所に乗り込んでもいいけど。嶋たちも大幹部の誰かには居所を教えてるだろうから」

「無理しなくていいよ。そっちは、もう切り上げてくれ」

「しかし、せっかく緒(いとぐち)が見つかったんですから……」

日暮が言った。

「いいんだ。実は別の手がかりを摑んだんだよ」

「どんな手がかりなんです？」

「室井に毒を盛った実行犯がわかるかもしれないんだ」

千本木はそう前置きして、詳しい話をした。

「嶋たちを見つけ出すより、そっちを攻めたほうが早そうだな。これから、おれも上野に回りましょうか」

「いや、あまり大勢で動かないほうがいいだろう。とりあえず、安奈と二人で『モハメッド』って店を覗いてみるよ」

「それじゃ、応援が必要になったら、いつでも声をかけてください。おれ、待機してますから」

日暮が先に電話を切った。

千本木は運転に専念した。神田小川町から湯島を抜けて、上野の繁華街に入る。

車を松坂屋の並びにある有料立体駐車場に預け、千本木と安奈は『モハメッド』を探しはじめた。スマートフォンは上着の内ポケットの中だ。

目的の店は、中央通りとアメヤ横丁本通りに挟まれた上野仲通りにあった。煤けた古い雑居ビルの地下一階だ。軒灯は見当たらない。階段の降り口に、英語とペルシャ語で小さく店名が記されているだけだった。

「なんだか薄気味悪そうな店ね」

安奈が心細そうに呟いた。

「きみは、どこか近くの喫茶店で待っててもいいな」

「平気よ。これでも放送記者の端くれなんだから、こんなことで臆してられないわ」

「それじゃ、入ろう」

千本木は先に階段を下りはじめた。すぐ後から安奈が降りてくる。

店のドアを引く。

イランのポップスらしい音楽が高く鳴っていた。狭い店内には、彫りの深いペルシャ系の男たちが十数人いた。いずれも二、三十代で、一様に眼光が鋭い。鷲（わし）のような目ばかりだ。

半数近くの男が口髭をたくわえている。食事をしている者は少なかった。

ここは、不法滞在のイラン人たちの溜（た）まり場らしい。

薄汚れた白いコック服を着た若い男が歩み寄ってきて、少し訛（なまり）のある日本語で低く言った。

「麻薬（ドラッグ）、売ってないよ。大麻樹脂（チョコ）も覚醒剤（スピード）もないね。日本人、誤解してる。悪いことするイラン人、ほんの少しだけよ。後は、みんな真面目（まじめ）に働いてる」

「食事にきたんだ」

千本木は言った。

「そうなの。だけど、ペルシャ料理、日本人の口に適（あ）わないよ。それでもいい？」

「ああ、かまわないよ」

「それなら、オーケーね。わたし、アリという名前。ここのオーナーシェフしてる。好きなとこ、坐って」

男が言った。しかし、出入口のそばのテーブルしか空いていなかった。

千本木と安奈は、その席に坐った。アリと名乗った男が安奈に粘っこい視線を向けてから、千本木に言った。

「きょうは羊肉の焼いたのと豆料理がおいしいよ」

「それじゃ、両方貰おう。酒は置いてないの？」

「あるよ、日本のビール。イランではお酒駄目ね。女のヘアヌード、もっと駄目。でも、日本はどっちもオーケーね。いい国よ、とっても」

「それじゃ、ビールを貰おう」

「オーケー」

アリが厨房に戻った。

従業員か客か判然としない男が、二つのビアグラスと壜ビールを持ってきた。ひどく無愛想だった。ひと言も喋らなかった。

居合わせた男たちがペルシャ語で思い思いに雑談を交わしはじめた。

安奈が先に千本木のグラスにビールを注ぎ、自分のグラスも満たした。二人は軽くビアグラスを触れ合わせた。

待つほどもなく、シシカバブに似た肉料理と煮豆が運ばれてきた。どちらも少し温めただけのようだ。千本木は羊の串焼きを頬張りながら、超小型デジタルカメラを上着のポケットから取り出した。

それを掌の中に握り込み、店にいる男たちの顔を隠し撮りした。全部で十三人だった。

料理は割にうまかった。二人とも残さずに食べた。勘定も高くなかった。

食事を摂り終えると、千本木たちはすぐに店を出た。

「なんだか落ち着かなかったわ、男たちのスケベったらしい目が全身に貼りついてるみたいでね」

「それだけ、安奈はセクシーだってことさ。女としては喜ばしいことじゃないか」

「いやよ。好きな男にセクシーだって思われるのはいいけどね」

「おれは、いつもそう思ってるよ。セクシーっていえば、湯島のラブホテル街が近いな。ちょっとベッド体操をしに行くか？」

「なに言ってるの！　仕出し弁当屋の古畑君に隠し撮りした画像を見てもらうんでしょ」

安奈が甘く睨んで、千本木の腕を引っ張った。

千本木は苦笑し、安奈と肩を並べて歩きだした。

4

人影は疎らだった。

午後十時を過ぎた上野駅付近である。

千本木は京成上野駅前の通りをゆっくりと歩いていた。ウールジャケットの内ポケットには、一葉(いちよう)の写真を忍ばせている。超小型デジタルカメラで盗み撮りした画像をプリントアウトしたものだ。

被写体は口髭を生やした三十歳前後のイラン人だ。その男の顔写真を見るなり、仕出し弁当屋の配達員は驚きの声を洩らした。

きのうの夕方、役者志望の古畑のライトバンを停めた三人組のひとりだったからだ。ほかの二人は、隠し撮りした写真の中にはいなかった。

口髭の男が室井の定食弁当の厚焼き卵に猛毒のニッカリン・テップを混入した疑惑は、きわめて濃い。しかし、男の氏名も住まいもわからなかった。それを探り出す目的で、千本木は上野に舞い戻ったのだ。

ひとりだった。安奈は恵比寿の自宅マンションで、裸のまま眠っているだろう。

夕方、四谷の仕出し弁当屋『春夏秋冬』を訪ねた後、千本木は誘われるままに安奈のマンションに立ち寄った。

ひと休みしたら、ふたたび上野に車を走らせるつもりでいた。しかし、安奈はありあわせの材料で、二人分の夕食をこしらえはじめた。

シーフード・ピラフを食べ終えると、二人はなんとなく妖(あや)しい気分になってきた。

どちらが言い出すこともなく、一緒にシャワーを浴びた。

ボディーソープに塗れた体を寄せ合っているうちに、自然に二人の欲望は昂まった。

安奈は千本木の全身の白い泡を湯で洗い流すと、洗い場のタイルにひざまずいた。

千本木はペニスを含まれた。安奈の舌は、いつもより熱っぽく閃いた。千本木は、たちまち猛った。

頃合を計って、シャワーヘッドを摑む。

千本木は安奈の裸身の白い泡を丹念に洗い落とし、水圧を最大にした湯の矢を彼女の秘めやかな場所に当てた。湯を注ぎつづけると、安奈は淫らな呻きを洩らすようになった。煽情的な声だった。

千本木はシャワーヘッドをフックに掛け、タイルに尻を落とした。安奈を立たせ、その股間に顔を埋めた。

愛らしいピンクダイヤをひとしきり吸いつけると、不意に彼女は昇りつめた。立ったままだった。腿の震えは鋭かった。

千本木は安奈を浴槽の縁に両手で摑まらせ、後背位で体を繋いだ。抽送しながら、敏感なピンクダイヤと乳首を愛撫しつづけた。

安奈は数分で、ふたたび悦楽の沸点に達した。

ほとんど同時に、千本木は心地よい締めつけを覚えた。

律動を繰り返していたら、じきに果てそうだった。千本木は昂まりを引き抜き、安奈をベッドに誘った。

二人とも、ざっと体を拭っただけだった。

肌にところどころ湯の雫をまとったまま、千本木と安奈は狂おしく求め合った。

ベッドはシングルだった。二人は幾度も焦茶のウッディフロアに転げ落ちそうになった。二度も深い愉悦を味わった安奈は惜しげもなく裸身を晒し、恣に貪婪に振る舞った。

その痴態は男の欲情を奮い立たせた。千本木は全身を駆使し、安奈の官能を煽りに煽った。

安奈は乱れに乱れた。その様を目にして、千本木はさらに昂まった。

二人は二匹の大蛇のように身を絡ませ合い、野獣のように吼えた。長く熱い情事が終わったとき、どちらも息が上がっていた。

毛布とベッドシーツは汗塗れだった。

疲れ果てた安奈は、ひと眠りしてから局に出ると言い、ベッドから離れようとしなかった。まだ深夜のニュース原稿を書く仕事が残っているという。千本木も、くたくただった。

といって、恩人の曾根サキを殺した犯人捜しを中断するわけにはいかない。気持ちを引き締め、この街にやってきたわけだ。

上野公園の入口付近に、イラン人らしい男たちがたたずんでいた。

通行人に何か売りつけているようだ。偽造クレジットカードを売っているのか。

上野界隈(かいわい)には、不法滞在のイラン人が二、三千人はいると言われている。そのうちの約五百人は住所不定だ。

上野公園内で野宿したり、オールナイトのポルノ映画館を塒(ねぐら)にしている。少し金を持っている者は、夜が明けるまでサウナや終夜営業の軽食喫茶の店で過ごす。

そうした宿なしイラン人たちの大半は、経済大国と呼ばれている日本に憧(あこが)れて出稼ぎにやってきた連中だ。多くはバブル全盛期に入国している。

その当時は、彼らも勤め先の寮など塒に不自由はしなかった。しかし、バブル経済が崩壊したとたん、彼らの勤務先は次々に倒産してしまった。

居場所を失った彼らは同国人を頼って、都内の盛り場周辺に集まるようになった。

新宿、新大久保、池袋、横浜、名古屋などにも不法滞在のイラン人グループが住みついているが、数では上野周辺が最も多い。

デフレ不況の影響もあって、オーバーステイのイラン人たちがまともな仕事にありつけるチャンスは皆無に等しい。

といって、文なし状態でイランに強制送還されたのでは家族や知人に合わせる顔がないだろう。それに母国は戒律が厳しく、何かと自由がない。

それに較べ、日本は天国そのものだ。できるだけ長く留まっていたいと思うのは、人情だろう。しかし、仕事に就いていなければ、現金収入は得られない。生活のために犯罪に手を染める者も少なくないようだ。

不法滞在のイラン人たちが最初に目をつけたのが、テレフォンカードの変造である。捨てられた使用済みのテレフォンカードの度数表示のパンチホールを塞ぐだけで、れっきとした〝商品〟になった。

しかし、この細工は誰でも簡単にできる。そのため、商品価値は低い。そこで悪知恵の発達したイラン人がさまざまな方法で、自国、アフガニスタン、パキスタン、タイなどから各種の麻薬を入手し、それを日本人に売っている。

中には、日本の暴力団の下請けとして、危険ドラッグ、裏ＤＶＤ、錠剤型の覚醒剤ヤーバー、拳銃の密売を手がけているグループもある。少数だが、パチンコの偽造プリペイドカードの密売を手伝っている者もいるようだ。また、暴力団とは関わらずに、コロンビア人の娼婦たちを管理している一匹狼のギャングも存在する。

千本木は、たむろしている男たちに声をかけた。

「昔、世話になったイラン人を探してるんだが……」

「その男、名前なに？」

頭髪の薄い小柄な男が、たどたどしい日本語で訊いた。

「それが名前まではわからないんだよ」

「どんな顔？　年齢は？」

「写真は持ってるんだ」

「見せて」

「ああ」

千本木は口髭の男の写真を取り出し、相手に渡した。

写真を受け取った猪首の男は、ほぼ街路灯の真下にいた。仲間の四人も首を伸ばして、写真を覗き込む。

五人のイラン人は顔を見合わせ、何かペルシャ語で囁き合った。どの顔も険しい。

口髭の男は鼻抓み者なのか。

「みんな、写真の彼のことを知ってるようだな。なんて名なんだい？」

千本木は小柄な男に訊ねた。

「この男、見たことある。でも、名前は知らない。みんなも同じね」

「あんたたちに迷惑はかけないよ。写真の男の名前と住んでるとこを教えてくれないか」

「あなた、入国管理局の人？」

「違うよ。警察の人間でもないから、警戒しないでくれ」

「そう言われても……」

「謝礼を渡してもいいんだが、どうだろう？」

「ほんとに、名前知らないんだ。ごめんなさい」

髪の薄い小男は詫びると、四人の仲間に母国語で短く何か言った。四人がうなずいた。

五人の男たちは小走りにJR上野駅の方に走り去った。

迂闊に口髭の男のことを喋れないという感じだった。嫌われ者か、この界隈を取り仕切っているのだろう。

千本木は来た道を引き返しはじめた。

中央通りに沿って上野広小路の手前まで歩くと、二十代後半らしいイラン人と思われる男がガードレールに腰かけ、湯島三丁目方面から走ってくる車に目を向けていた。

薬物の売人臭い。

千本木は舗道の暗がりにたたずみ、セブンスターに火を点けた。煙草を喫いつけながら、男の様子をうかがう。

数分後、男の前に赤いマスタングが停まった。ドライバーは茶髪の若い男だった。

二人が短い遣り取りをした。ドライバーが五千円札をドア越しに差し出した。イラン人らしい男が何か小さな物を手渡す。

マスタングは重い排気音を轟（とどろ）かせながら、あっという間に走り去った。

麻薬の売人らしい男は、ふたたびガードレールに浅く腰かけた。次の客を待つ気なのだろう。

千本木は煙草を指に挟んだまま、大股でガードレールに近づいた。

足音で、男が振り向いた。千本木は左手で男の肩口を押さえた。

「そのまま、そのまま！」

「上野署のポリスか⁉」

男が日本語で呟いた。

「ずいぶん大胆な商売してるな」

「わたし、何もしてない。ここで、カッコいい車を眺めてただけね」

「おれは見たんだよ、そっちが麻薬（ドラッグ）を売ったとこをさ」

千本木は男の左肩を叩いた。

と、男が肘（ひじ）打ちを放った。当たらなかった。千本木は左手で男の肩口を強く押さえ、煙草の火を相手の首筋に押しつけた。

男が高い声をあげた。

火の粉が散り、皮膚の焼ける音がした。厭な臭（にお）いだった。

千本木は半分消えかけているセブンスターを爪で弾き飛ばした。車道に落ちた煙草は、通りかかった長距離便トラックの太いタイヤに踏み潰された。

「わたし、イラン、帰りたくない。謝るよ、わたし」

男が火傷した首を撫でさすりながら、おどおどした声で言った。

「最初から煙草の火を押しつける気はなかったんだ。おまえがエルボーパンチなんか繰り出したんで、反射的に体が動いちまったんだよ。勘弁しろや」

「はい。いいです、気にしないで。あなた、上野署の新しい刑事さんね？　持ってるマリファナ、全部渡す。だから、わたしのこと、見逃して」

「捜査に協力してくれりゃ、チンケな犯罪にゃ目をつぶってやるよ」

千本木は、とっさに刑事になりすます気になった。

「なに知りたいですか？　わたし、上野にいるイラン人のこと、だいたい知ってる」

「それじゃ、協力してもらおうか。立ち上がって、こっちに向き直れ」

「オーケー」

男が言われた通りにした。

背は、それほど高くない。百七十センチはないだろう。顔半分が髭で覆われている。顔立ちは割に整っていた。

千本木は上着の内ポケットから写真を抓み出し、ライターの火を点けた。印画紙の被写体が仄かな光に浮かび上がった。

「こいつのこと、知ってるな？」

「はい。アブドル・ジャハードね。ドラッグの元締めです。アブドルが、どうしたんですか？」

「でっかい事件に絡んでるようなんだよ。アブドルが仲通りの『モハメッド』によく出入りしてることは摑んでるんだが、奴の最近の塒がはっきりしないんだ」

「アブドル、日本人の彼女と別れたのかな。少し前までは、クミさんという女の人と池之端のマンションで一緒に暮らしてた」

「クミ？」

「きれいな女の人ね。アサヌマクミ、それ、フルネーム。漢字、ちょっとわからない。クミさん、二十四歳ね。アブドルよりも七つも若い。わたし、羨ましいよ」

男が好色そうに笑った。

「アブドル・ジャハードとは親しいようだな？」

「一年前まで、アブドルの仕事、わたし、手伝ってた。でも、辞めたよ」

「なんで、辞めたんだ？」

「アブドル、約束守らない。わたし、ドラッグ、ものすごく売ったよ。けど、アブドル、ちゃんとお金くれなかった」
「で、別の元締めの仕事を手伝うようになったわけか」

「はい、そうね。ドラッグ売るの、ちょっと危険。でも、お金稼げるよ。いまの元締め、とってもいい人ね」

「そうか。話を元に戻すが、アブドルが住んでた池之端のマンションに行ったことはあるのか？」

千本木は訊いた。

「わたし、一度も行ったことない。話に聞いただけ」

「マンションの名も知らないのか？」

「それも、わからない。でも、『モハメッド』に行けば、アブドルの仲間いっぱいいるね。オーナーのアリも、アブドルの友達よ」

「それじゃ、あの店に行ってみるか。ところで、最近、アブドルは日本のやくざと親しくつき合いはじめてるんだろ？」

「その話、友達から聞いたことある。アブドル、上野のやくざとあまり仲よくない。でも、新宿のやくざとは何かビジネスしてるみたいね」

「どんなビジネスか聞いてないか？」

「それ、わからないね。でも、アブドル、よく新宿の歌舞伎町に行ってるらしい。それから、リッチになったみたいだって、わたしの友達言ってた」

「その友達に会わせてくれないか」

「それ、無理ね。わたしの友達、先月、イランに強制送還された。日本人の酔っ払いの男に急に突き飛ばされて、喧嘩になったね。友達、持ってたサバイバルナイフで、酔っ払いのお腹刺しちゃった。その友達、いい奴だった。わたし、とっても淋しいよ」

男が哀しげに言った。

「首んとこ、まだ痛いか？」

「少しひりひりしてる」

「悪かったな。これで何か軟膏を買ってくれ」

千本木は男の手に一万円札を握らせ、すぐに背を向けた。

後ろで、男が英語で礼を言った。おかしな刑事だと思っているにちがいない。偽刑事だと気づいても、あの売人が上野署に駆け込むことはないだろう。

千本木は上野広小路の交差点を渡り、『モハメッド』に足を向けた。

アブドル・ジャハードが店にいるかどうかはわからない。もし店にいたら、尾行するつもりだった。いなかった場合はオーナーシェフのアリを締め上げて、アブドルの住まいを吐かせればいい。

数分歩くと、ペルシャ料理の店に着いた。

千本木は髪の毛を額いっぱいに垂らし、変装用の黒縁の眼鏡をかけた。ウールジャケットを脱いで、小脇に抱える。

完璧（かんぺき）な変装ではないが、少しは印象が変わるのではないか。

千本木は地階に通じる階段を降りた。ごく自然に店のドアを開け、中を素早く見る。

アブドル・ジャハードは奥のテーブルにいた。

中国系の顔立ちの同年代の男と何か深刻そうな表情で話し込んでいた。ほかのテーブルは、イラン人らしい男たちで埋まっている。

夕方、見かけた男たちも二、三人いた。

アリが奥で言った。

「お客さん、いま一杯ね。また、来て」

「そうするよ」

千本木は、すぐにドアを閉めた。

アブドルとは目を合わせなかった。アリも、夕方の日本人客と同一人であることに気づいていないようだ。アブドル・ジャハードという男がハイポイント・コンパクトで、曾根サキを射殺したのか。

千本木は怒りと憎悪を感じながら、階段を駆け上がった。

外に出ると、彼は路上駐車中のワゴン車の陰に身を潜めた。張り込みの開始だ。

第四章　カード変造団の影

1

アブドルが店から出てきた。

ひとりではなかった。中国人らしい男と一緒だった。午後十一時半を回っていた。

千本木はウールジャケットを羽織った。

夜気(やき)は粒立(つぶだ)ちはじめていた。いくらか肌寒い。風もある。

アブドルたち二人は、仲通りから広い中央通りに出た。中国人らしい男がアブドルと握手をし、タクシーを拾った。

男の服装はみすぼらしくはなかった。

腕時計や靴も安物ではない。しかし、ビジネスマンにも留学生にも見えなかった。

歌舞伎町を根城にしている中国人マフィアかもしれない。

二人を尾行しながら、千本木はそう思った。

好景気で世の中が浮かれていたころは、歌舞伎町には台湾からの流れ者が多かった。ちょうどそのころ、台湾では一清専案(イーチンチアンアン)と呼ばれる社会浄化作戦が行われ、犯罪者たちを根こそぎにしようとしていた。

それも徹底した犯罪者狩りだった。

殺人者は容赦なく死刑にされ、凶悪犯も終身刑になった。日本のやくざに当たる流氓(リュウマン)だと認定された場合は、孤島の感化所に送り込まれる。

そこで待っているのは三年間の重労働だ。現地では、感訓と名づけられている刑罰である。犯罪者狩りに怯(おび)えたアウトローたちは焦(あせ)って海外に逃亡した。その大半の逃亡先は香港と日本だった。

日本の場合は新宿に台湾人犯罪者が大量に流れ込んだ。一九八六、七年のころである。同じころ、出稼ぎの台湾人ホステスたちも新宿に集まった。最盛期には、二百軒以上の台湾バーや台湾クラブがあった。

台湾人やくざの多くは、同国人ホステスのヒモになって暮らしていた。

彼らの中には、常設の賭場(とば)を開く者もいた。しかし、一匹狼(おおかみ)が多かったからか、二百数十人の流氓が組織化することはなかった。

裏社会は弱肉強食の世界である。

香港や中国大陸から進出してきた中国人マフィアが次第に幅を利かせるようになり、

台湾の流氓たちを駆逐(くちく)した。もっとも台湾の犯罪者たちが競(きそ)って帰国したのは、別の理由もある。

本国の浄化運動が一段落し、景気がよくなったことも新宿を離れる一因になっていた。彼らの金蔓(かねづる)である出稼ぎホステスたちが、相次いで自分の国に戻ってしまったのだ。

中国人マフィアたちといがみ合ってまで、日本に留(とど)まらなければならない理由は何もないというわけだろう。

香港の三合会(サムハップウイ)から日本に送り込まれるマフィアの大多数は、蛇頭(シエトウ)と呼ばれている組織のメンバーだ。

主に集団密航ビジネスと麻薬の密売を手がけている。日本の暴力団と手を組んでいることもあって、わが国でトラブルを起こすケースは少ない。

だが、中国大陸から流れてきた犯罪者集団は粗暴だ。利害が反すれば、香港のマフィアや日本の広域暴力団にも平気で牙(きば)を剥(む)く。

上海(シャンハイ)マフィアはヘロインや銃器の密売、福建(フジエン)マフィアは故買(こばい)、各種のカード変造、旅券や査証の偽造、賭博などを手がけている。

もっとも両派は、はっきりと稼ぎ(シノギ)の住み分けをしているわけではない。実際にはボーダレスだ。最近は北京(ペキン)マフィアものしてきた。

大陸出身の中国人マフィアは、押し並べて金銭欲が強い。基本的には報酬が魅力的なら、殺人も平気で請け負う。どこかアナーキーな中国人マフィアの存在は、日本の暴力団にも脅威になっている。

中国人と思われる男を乗せたタクシーは、ゆっくりと遠ざかっていった。

アブドル・ジャハードは上野公園方向に歩きだした。千本木は三十メートル前後の距離を保ちながら、口髭をたくわえたイラン人を尾けた。

人通りは絶えていた。車の数も少ない。たまに通りかかるのは酔った男たちばかりだ。早い時刻には、路上のあちこちにイラン人の男たちの姿が見られる。しかし、いまは彼らもいない。街のネオンやイルミネーションが虚しく瞬いている。

急に後ろから、地鳴りのような爆音が響いてきた。

千本木は歩きながら、小さく振り返った。

十数台の改造車と大型バイクが一群となって爆走してくる。暴走族のチームだ。彼らはミュージックホーンと凄まじいエンジン音を轟かせ、風のように駆け抜けていった。

アブドルは車道に目をやろうともしなかった。条件反射のように、多くの人間は暴走族グループに視線を向けるのではないのか。何か不自然なものを感じた。

アブドルは、尾行に気づいているのかもしれない。

千本木はそんな気がしてきた。アブドルが急に足を速め、深い闇に包まれた上野公園の中に入っていった。馴れた足取りだった。公園は、自分の家の庭のようなものなのだろう。

やはり、妙だ。こんな真夜中に麻薬を買いに来る客はいないだろう。

千本木は罠の気配を嗅ぎ取った。

アブドルは、自分を園内に誘い込む気でいるようだ。それなら、かえって好都合だ。

千本木は大股になった。

そのとき、アブドルが駆け足になった。千本木はすぐさま追った。アブドルは東京文化会館の裏手の繁みに紛れた。

千本木は全速力で追った。

左手の灌木がかすかに鳴った。音のした方に走ったとき、空気がぶんと唸った。暗がりで、金属バットが水平に払われたのだ。

千本木は身構えた。

繁みの奥から、小柄なイラン人が現われた。数時間前に京成上野駅のそばにいた五人組のひとりだ。頭髪の薄い男である。

「アブドル・ジャハードの仲間だったのか、おまえは」

「ジャハードは、あんたが目障りだと言ってる」

「だから？」

「ジャハードにつきまとえないようにしてやる！」

「できるかな」

千本木は挑発した。

そのとき、真後ろに人が迫った。振り向く前に、千本木は首にピアノ線を掛けられた。両端に木製の握りの付いた吊り鎖だった。

後ろの敵がスリングを交差させて体を反転させたら、ピアノ線は喉に深く喰い込む。そうなったら、逃げようがない。相手に背負われたら、確実に絞め殺されるだろう。

どうやら後ろから襲ってきた敵は、コマンド絞首法を心得ているようだ。

千本木は両膝を折った。

ピアノ線に緩みをもたせ、相手を腰に乗せた。背負い投げで敵を倒す。

相手が転がって、長く呻いた。

二メートル近い巨漢だった。吊り鎖は手から離れていた。

千本木は狙いをすまして、大男のこめかみを蹴った。

大男が四肢を縮めた。千本木は膝頭で相手の動きを封じ、片手で頰を挟みつけた。

小男の位置を目で確かめながら、千本木は指先に力を込めた。大男の顎の関節が外れた。

巨漢が言葉にならない声をあげながら、顔を左右に振った。口は開いたままだった。

小男が何か言いながら、金属バットを垂直に振り下ろした。

千本木は、わずかに体を躱(かわ)した。

金属バットは巨漢の腹に埋まった。大男が動物じみた声を放ち、両脚を宙に浮かせた。髪の薄い小柄な男は勢い余って、千本木の肩にのしかかってきた。

千本木は体の向きを変え、相手の右腕を捉えた。すぐさま肘の関節を力一杯に捩(ねじ)った。小柄な男が怪鳥(けちょう)のような声を発した。関節が外れたのだ。

千本木は小柄なイラン人を突き転がすと、大男を俯(うつぶ)せにした。

両足首の関節を捩切(ねじき)る。不快な音が耳を撲(う)った。

大男は散弾を浴びた猪(いのしし)のように、地べたを転げ回りはじめた。唸(うな)り声が高い。

千本木は小柄な男の後ろ襟(えり)を摑(つか)んで、繁(しげ)みから引きずり出した。

「アブドルは、どこに隠れてる？」

男は唸(うな)るだけで、答えようとしない。

「反対側の肘(ひじ)も外してもらいたいらしいな」

「帰った。ジャハードの兄貴はマンションに帰ったよ」

「おまえ、マンションを知ってるな」

「どうした？　急に日本語を忘れちまったのかっ」

千本木は声を高めた。

「知ってる」

「おまえ、なんて名だ？」

「ハジム、ハジムね」

「アブドルにおれのことを教えたのは、おまえだなっ」

「そう、そうね」

「アブドルは、おれを半殺しにしろとでも言ったんだろうな」

「………」

ハジムは口を開かなかった。肯定の沈黙だろう。

「アブドルは新宿のやくざと結託（けったく）して、何か危（ヤバ）い商売をしてるなっ」

「わたし、よくわからない」

「まあ、いいさ。アブドルは、チャイニーズ・マフィアともつき合ってるな？」

「それも、よくわからないね。わたし、ジャハードに世話になった。だから、何か恩返ししたかっただけ」

「そうかい。それじゃ、アブドルのマンションに案内してもらおうか」

千本木はハジムの背を押した。すると、ハジムが足を踏んばった。

「わたしの友達、死んじゃう。病院、連れてって。オーケー？」

「死にゃしないさ」

千本木はハジムを遊歩道に引きずり出した。

ハジムが、しゃがみ込んだ。

「肘(ひじ)、すごく痛い。痛くて、とても歩けないよ」

「わかった」

千本木は、ハジムの肘の関節を戻してやった。ハジムが肘をさすりながら、低く礼を言った。

千本木はハジムのベルトを摑んで、歩けと命じた。ハジムが渋々、足を踏みだす。

二人は精養軒の前を抜け、不忍池(しのばずのいけ)を回り込んだ。人っ子ひとりいない。

「アブドルは、日本人の女と暮らしてるんだって？」

千本木は歩きながら、ハジムに問いかけた。

「あなた、なぜ、知ってる!?」

「まあ、いいじゃないか。クミって女に会ったことはあるのか？」

「あるよ、何度も。クミさん、とってもチャーミングで優しい」

「素(す)っ堅気(かたぎ)じゃないんだろ？」

「その言葉、よくわからない。どういう意味？」

「ただのOLなんかじゃないんだろう？」

「ああ、そうね。クミさん、キャバクラで働いてた。でも、いまはそうじゃない。ジャハードのお料理作ってる。洗濯もしてるね。仕事してないよ」

「そうか」

会話が途切れた。

二人は黙って歩きつづけた。アブドル・ジャハードの住むマンションは、池之端三丁目にあった。南欧風の造りの洒落た十一階建てだ。オートロック・システムにはなっていなかった。管理人室はあったが、人の姿はない。窓口はカーテンで閉ざされている。

千本木は集合郵便受けを見た。六〇一号室のプレートに、浅沼久美という名だけが掲げてあった。アブドルは久美の部屋に転がり込んだのだろう。

千本木は玄関ロビーで、ハジムに命じた。

「インターフォンを鳴らしたら、半殺しにしたおれを引きずってきたとアブドルに言うんだ。ペルシャ語で余計なことを喋ったら、おまえの首の骨をへし折るぞ」

「わかったよ。あんた、並の男じゃない。何か特別な格闘技をマスターしてる。わたし、逆らえないね」

ハジムが肩を竦めた。

二人はエレベーターで六階に上がった。六〇一号室はホールの右端にあった。ハジムが玄関ドアの前に立った。千本木は、ドアの横の壁にへばりついた。アブドルがドア・スコープで来訪者の顔を確認するかもしれないと考えたからだ。

ハジムが部屋のインターフォンを鳴らした。

ややあって、スピーカーから男の声が響いてきた。訛のある日本語だった。アブドルだろう。ハジムが早口のペルシャ語で何か言った。

スピーカーからも、ペルシャ語が洩れてきた。遣り取りは一分足らずだった。

「ジャハードの兄貴、いま出てくるね」

ハジムが囁き声で言った。

千本木は無言でうなずいた。室内でスリッパの音が響き、ドアのシリンダー錠が解かれた。

千本木は身を屈め、ハジムの右腕を捩上げた。

玄関ドアが開けられた。千本木はハジムの腕を捩上げたまま、腰にバスタオルを巻いたアブドルに体当たりした。ハジムの肩で押し飛ばされた恰好のアブドルは、玄関ホールに尻餅をついた。

全身、毛むくじゃらだった。肌の色も浅黒い。

千本木はハジムを押さえたまま、アブドルの喉笛と鳩尾を連続して蹴った。少林寺拳法の段蹴りだ。

ハジムが何か言った。

アブドルがむせて、血の泡を吐いた。千本木はハジムの肩の関節を外し、すぐさま顎の関節も外した。ハジムが玄関マットの上に頽れた。

千本木はハジムとアブドルの後ろ襟を摑んで、居間まで引きずっていった。

間取りは１ＬＤＫだった。右手の寝室から、黒い透け透けのネグリジェを着た若い女が飛び出してきた。ブラジャーもパンティーもつけていない。

女は恥毛をきれいに剃り落としていた。亀裂が透けて見える。現代的な顔立ちの美人だ。捲れ気味の上唇が悩ましい。

「あんた、土足で何なのよ！」

「大声を出すな。騒ぐと、あんたの彼氏が大怪我することになるぜ」

「なんだって言うのよ、いったい全体さ」

「浅沼久美さんだな？」

千本木は確かめた。

「そうよ」

「きみにはなんの恨みもないが、運が悪かったと諦めてくれ」

「押し込み強盗ねっ」

「いいから、ソファに坐るんだ」

「わかったわよ」

久美が蓮っ葉に言って、モケットソファに腰かけた。ソファの色は、グレイとブラウンの霜降りだった。

千本木は、唸り声をあげているハジムの下半身に逆さまにしたコーヒーテーブルを載せた。これで、ハジムが逃げ出すことはないだろう。

次に千本木は、アブドルの上体をソファに凭せかけた。口髭の男の口許は、鮮血で赤く汚れていた。

「アブドルが何をしたっていうのっ」

久美が喚いた。

「静かにしてろと言ったはずだ。また、でっかい声を出したら、そのセクシーなネグリジェを引き裂いて、猿轡を嚙ませるぞ」

「……………」

「わかったな」

千本木は久美を睨んだ。久美が顔を背けた。

アブドルが隙を見て、逃げる素振りを見せた。千本木はアブドルを横四方固めで押さえ込み、腕ひしぎ十字固めに移った。

「おまえ、室井護を毒殺したなっ。室井が自分の金で注文した定食弁当の厚焼き卵に注射器か何かで、ニッカリン・テップという農薬を注入して」

「……………」

「おまえと室井に接点はない。誰に頼まれて、毒を盛ったんだっ。関東義誠会矢沢組の嶋か、北原って奴なんじゃないのか？」

千本木はアブドルの関節を攻めた。

アブドルが呻きながら、ペルシャ語で何か罵った。血の混じった唾も吐いた。

「そっちがその気なら、手加減しないぜ」

千本木は言うなり、アブドルの右腕の骨をへし折った。

アブドルが体を左右に振った。久美がソファから立ち上がり、アブドルのそばにひざまずいた。

「あんた、大丈夫？　しっかりして！」

「ううっ」

アブドルは呻き声を返しただけだった。

千本木は久美を胸に抱き取り、ネグリジェの前ボタンを荒っぽく引き千切った。弾けたボタンが床をころころと転がった。

「な、何すんのよっ」

「気が強いな。あんたに悪さをすりゃ、アブドルも口を割る気になるだろう」

「アブドルは誰かを毒殺したの⁉　何かの間違いなんでしょ？」

「いや、間違いじゃないだろう」

「まさか、そんなこと……」

久美が語尾を呑んだ。

千本木は左手で、弾みの強い乳房を揉みはじめた。右手を内腿に伸ばすと、久美が脚をすぼめた。千本木は強引に股の間に右手を滑らせ、飾り毛のない性器を愛撫しはじめた。マシュマロのような手触りだった。火照っている。

「アブドルに剃られたんだな？」

「あんたには関係ないことでしょ。おかしなこと、やめてよ」

久美が身を捩った。

しかし、抵抗は長くはつづかなかった。花芯と花弁を同時に愛でると、彼女の息遣いが荒くなった。胸の感度も悪くなかった。膨らんだ乳首を捏ねるようにまさぐると、久美は喉を鳴らした。背も反らせた。

柔らかな畝の間には、熱い粘液がにじんでいる。愛液を亀裂全体に塗り拡げると、久美は猥りがわしく呻いた。

その声で、アブドル・ジャハードが顔を上げた。驚きと幻滅の色が交錯した。

「この娘に惚れてるんだったら、おれの質問に答えるんだな。で、どうなんだっ」

千本木は語気を強めた。

アブドルは何か言いかけたが、そっぽを向いた。千本木は久美の秘部に指を埋め、本格的な愛撫に取りかかった。

五指で陰核、小陰唇、膣、会陰部、肛門を同時に愛撫する。久美が淫猥な声を切れ切れにあげはじめた。腰も切なげに動いている。

「きみの好きな男は、自分のことが何よりも大事らしいな。だったら、裏切ってやれよ」

千本木は片手で熱を孕みはじめた分身を摑み出し、久美の体内に潜らせた。

「や、やめろ」

アブドルが弱々しく言った。しかし、それ以上のことは言わなかった。

千本木は久美を四つん這いにさせ、ワイルドに動いた。突き、捻り、また突く。

久美は自らマシーンのように尻を振り、エクスタシーを極めた。内奥は脈打ちながら、繰り返し緊縮している。少し経ってから、千本木も果てた。

「アブドルには愛想が尽きたわ。さんざん面倒見てやったのに、自分のほうがかわいいんだから。こんな男、最低よ」

久美は体を離すと、口髭の男の側頭部を蹴った。それから彼女は、浴室に足を向けた。

千本木は身繕(みづくろ)いをすると、アブドルのもう片方の腕の骨も折った。

アブドルは女のような悲鳴を放ってから、ようやく室井護の弁当のおかずに猛毒のニッカリン・テップを昆虫採集用の注射器で混入させたことを吐いた。

「おまえの依頼人の名は？」

「郭(クオ)だ。郭林義(クオリンイー)という北京(ペキン)マフィアね。農薬と注射器、郭(クオ)が持ってきた。わたし、二百万円貰った。それだけ」

「そいつは、さっきおまえと別れた男か？」

「そう。あの男が郭(クオ)ね」

「あいつは、室井を殺してほしい理由を言ったんだろ？」

千本木は訊(き)いた。

「そういうこと、何も言わなかった。郭(クオ)が電話で、仕出し屋のある場所、配達の車、それから室井という男が注文した弁当の種類を教えてくれただけ」

「曾根サキという女弁護士を射殺したのも、おまえなんじゃないのかっ」

「ちがう。わたし、殺(や)ってない。わたしは見張りをやった。それだけね。撃ったのは、北京マフィアのひとり。まだ若い男。でも、その男の名前わからない」

「郭林義（クオリンイー）は、どこに住んでるんだ？」

「わからない。いつもホテル、変わってる。でも、新宿ばかり」

「郭（クオ）はスマートフォンを持ってるな？」

「持ってる。でも、テレフォンナンバー、教えてくれない。わたし、知らないよ」

アブドルが言って、痛みを訴えた。涙で顔面が濡（ぬ）れていた。

「北京マフィアの溜（た）まり場があるはずだ。歌舞伎町のあたりにな」

「一度だけ、新宿東宝ビルのそばにある中国クラブ連れてってくれた。店の名前、『銀星（シルバースター）』だったよ。飲食店ビルの中にあるね」

「おまえ、パチンコのプリペイドカードの変造をやってるんじゃないのか？」

「偽造も変造もやってない。でも、郭（クオ）に頼まれて、パチンコ屋から使用済みのカードとパンチされて抜け落ちた円（まる）い屑（くず）をワンセット三十円で買い集めてる。郭（クオ）、それを一枚五十円で買ってくれるね。ワンセットで二十円儲（もう）かる。上野はあまり集まらないけど、埼玉、千葉のパチンコ屋は喜んで売ってくれる。店員の小遣い稼ぎね」

「パチンコのプリペイドカードの変造をやってるのは、郭（クオ）たち北京マフィアだっていうのか」

千本木は言った。

「多分、そうね。中国人クラブでお酒飲ませてくれたとき、六千万円の変造機あるって自慢してた。使用済みカードのパンチホールを埋めて変造機にかけると、磁気テープの書き込み、すぐできるって。一日で、一万八千枚の変造カードできるらしい。一枚の原価は百円ちょっと。郭たち、頭いいよ」

「郭は日本のやくざと組んでるんだな？」

「それ、間違いないね。自分らだけで、たくさんのプリペイドカード捌けないよ」

アブドルが言って、痛みに顔を歪ませた。

「そうだな」

「わたし、みんな喋ったよ。久美、あんたにあげてもいい。その代わり、救急車を呼んでほしいね」

「甘ったれるな。死にたくなかったら、這って病院に行け！」

千本木はアブドルの顎の関節を外し、勢いよく立ち上がった。

ハジムの唸り声に、アブドルの呻きが重なった。二人は、まるで交互にスキャットをくちずさんでいるようだった。

浴室から、湯の弾ける音が響いてきた。

久美はハミングしている。この部屋からアブドルを叩き出すにちがいない。

千本木は玄関に向かった。

2

欠伸（あくび）が出そうだ。

千本木は、またセブンスターに火を点（つ）けた。灰皿は吸殻が山をなしている。

代々木三丁目にある自宅マンションだ。

午後二時過ぎである。目の前の客は、小（こ）一時間も別れた女房の悪口を言い募（つの）っていた。三十七歳の自動車セールスマンだった。本業のほうの客だ。

「どうも納得できないな」

男が言った。

「どこがです？」

「すべてですよ。だって、わたしは二カ月も前に女房と離婚してるんです。家庭裁判所に何度も呼び出されたけど、晴れて別れることができたわけです」

「その話は、もう聞きました」

「そうでしたね。ようやく独身に戻れて喜んでたのに、クレジット会社から大型冷蔵庫や二台のエアコンの請求書がきたんです。総額で四十数万円でした」

「それもうかがいましたよ」

千本木は苦笑し、煙草の灰を指先ではたき落とした。

「冷蔵庫も二台のエアコンも、別れた女房が引っ越し先に持ってっちゃったんです。自分の嫁入り道具なんかと一緒にね」

「さっきも確認しましたが、別れた奥さんは勝手に冷蔵庫やエアコンを買ったわけじゃないんでしょ？」

「ええ。一応、オーケーは出しました」

「それに、あなたの名義で買われたという話でしたよね」

「ええ。元妻は専業主婦で収入がなかったんで、ローンを組みにくいだろうと思ったからですよ。確かにローンの申し込み者はわたしですけど、冷蔵庫もエアコンももう手許にないんです。なのに、わたしが返済しつづけなきゃならないことが、どう考えても納得できないんですよ」

「で、クレジット会社に元の奥さんに請求してくれって掛け合いに出かけたんですね？　しかし、まったく相手にされなかった。だから、ここに相談にいらしたわけだ」

「そうです」

男が大きくうなずいた。

「クレジット会社があなたに請求書を送ったのは、さきほども申し上げたように民法

第七六一条の〈日常の家事による債務の連帯責任〉という法律があるからですよ」

「えーと、なんかわかりにくい内容だったな」

「夫婦の一方が日常の家事に関して第三者と法律行為をしたとき、他の一方は生じた債務について、連帯してその責に任ずる。ただし、第三者に対し責に任じない旨を予告した場合は、この限りではありません」

「凄いもんだな。六法全書なんか見なくても、すらすらと……」

「そういう法律があるわけですから、あなたはきちんと支払いをしなければならないんです」

「しかし、品物は別れた女房のとこにあるんですよ。なのに、わたしが支払いをつづけなければならないなんて、どうしても合点がいかないな」

「ですから、元の奥さんに大型冷蔵庫か、あるいは二台のエアコンの返還を求めることは法的には可能だと助言したでしょ！」

千本木はうんざりしながら、煙草の火を揉み消した。

「わたし、近々、もっと家賃の安いマンションに移る予定なんです。だから、大型冷蔵庫を返してもらっても仕方ない。エアコン付きのマンションを借りるつもりですから、元妻が持ってった二台を返してもらっても無用の長物になるだけです」

「それなら、別れた奥さんが収入を得られるようになったら、十万か十五万円程度を請求してみるんですね」

「いまの法律って、なんかおかしいですよ。先生、そう思いませんか？」

「確かにパーフェクトじゃないが、現行の法律がある限り、それに従うべきでしょうが」

「わかりました。相談料は、いくらでしょう？」

「一万円いただきます」

「はい」

男は懐から札入れを取り出した。千本木は謝礼を受け取り、その場で領収証を切った。

「ところで、先生のお車は？」

「サーブに乗ってます」

「スウェーデンの車ですね。いい車ですが、修理代が嵩(かさ)むでしょ？　当社から、今度ニューモデルのハイクオリティカーが発売されるんですよ。ちょっとパンフレットだけでも見ていただけません？」

「せっかくだが、そろそろ次のお客さんが見える時刻なんですよ」

千本木は嘘(うそ)をついた。男は開きかけたアタッシェケースを閉め、やっとソファから立ち上がった。

千本木は客を送り出すと、ダイニングテーブルについた。

出前の天丼はすっかり冷め、笊蕎麦も水気を失っている。

千本木は天丼だけを掻っ込み、リビングソファに腰かけた。まだ目を通していない朝刊を読みはじめる。経済面を開くと、五大商社の子会社のプリペイドカード発行会社の変造カードによる被害額が載っていた。

最も被害額が多いのは五菱物産系の『全日本レジャーカードシステム』で、五百六十億円近い。次いで、紅友商事系の『西日本ゲームカード』が百三十億円、増松商事系の『日本エンターテインメントカード』が九十六億円、三協物産系の『東海アドバンスカード』が七十一億円、日東商事系の『日東アミューズメントカード』が二十九億円となっている。

記事には、いちばん被害額の多い『全日本レジャーカードシステム』と被害額の少ない『日東アミューズメントカード』の二社の社長談話が載っていた。

『日東アミューズメントカード』の社長の顔写真を見て、千本木は少し驚いた。なんと日東商事の鴇田常務が子会社のカードメーカーの社長を兼務していたのである。

鴇田は、『日東アミューズメントカード』が破られにくいシステムを採用していることが被害を小さくできた理由だろうとコメントしていた。

新聞を読み終えると、千本木はテレビの遠隔操作器を摑み上げた。スイッチを入れ、何度かチャンネルを替える。

と、浅沼久美の住むマンションが画面に映し出された。

「今朝四時半ごろ、台東区池之端三丁目にある『池之端ハイツ』の六〇一号室に、何者かが二発の手榴弾を投げ込みました。部屋を借りている浅沼久美さん、二十四歳とイラン人と思われる男性二人の死体が発見されました。爆死した男性二人の身許はわかっていません」

男性アナウンサーが画面に浮かび上がった。千本木は耳を澄ませた。

「同じ階の居住者が二人の不審な男たちが六〇一号室から出てきて、エレベーターに慌てて乗り込む姿を見ています。男たちはともに二十代後半で、中国語を話していたようです。なお、犯行に使われた手榴弾は旧ソ連製のものでした。そのほか詳しいことはまだわかっていません。次は放火事件です」

画像が変わった。

久美、アブドル、ハジムの三人を爆死させたのは郭と思われる。アブドルが言っていたように、曾根先生も中国人マフィアに殺されたのか。そうだとしても、実行犯は単なる殺し屋だろう。郭たちを動かしているのは矢沢組の嶋なのかもしれない。しかし、黒幕は別人なのではないか。夜になったら、新宿の中国クラブに行ってみることにした。

千本木はテレビの電源を切り、煙草に火を点けた。

神宮前五丁目の夜道で刺殺された折戸正明は、五菱物産の子会社『全日本レジャーカードシステム』でプリペイドカードに関する調査をしていた。

郭(クオ)たち北京マフィアは、プリペイドカードの変造団の疑いがある。折戸は変造組織を洗っているうちに、北京マフィアのグループにたどり着いたのだろうか。

千本木はセブンスターを喫(す)いながら、これまでの事件と経過を頭の中で整理してみた。

曾根サキを射殺した犯人が郭(クオ)の一味だとしたら、四谷署の留置場で毒殺された日東商事の室井護はPC変造団の何かを知っていたのではないか。そのせいで、室井は轢(ひ)き逃げ犯に仕立てられたのかもしれない。

しかし、室井が女弁護士に事実を話す恐れが出てきた。それで轢き逃げの真犯人は、アブドル・ジャハードを使って室井に毒を盛らせたのか。

そうだったとしたら、予備校生をレクサスで撥(は)ねたのは郭(クオ)なのかもしれない。郭(クオ)は室井が運転していた日東商事の鴇田常務の車を強奪して、わざと轢き逃げをしたのだろうか。

荒っぽいマフィアが、そんな手の込んだことをするとは思えない。第一、室井と郭(クオ)に接点があるとは考えにくかった。

そこまで推測し、千本木は鴇田が『日東アミューズメントカード』の社長を兼務していることに思い当たった。

しかし、カードメーカーの社長がまさかPC変造組織に関わってはいないだろう。

それに、轢き逃げ事件のあった日、鴇田はインドネシアのジャカルタに出張している。

彼が轢き逃げの真犯人である可能性はなさそうだ。あるいは、何か裏があるのだろうか。

指先が熱くなった。

煙草はフィルターの近くまで灰になっていた。千本木は急いで火の点いたままのセブンスターを灰皿に投げ捨てた。吸殻を抓(つま)み上げ、それで火を消した。

そのとき、サイドテーブルの上で電話機が鳴った。固定電話だ。

「おれです」

日暮だった。

「よう！」

「上野のほうは、どうでした？」

「収穫があったよ」

千本木は昨夜の出来事をつぶさに話した。口を結ぶと、日暮がすぐに言った。

「その久美って女の部屋に今朝の四時半ごろ、二発の手榴弾が投げ込まれた事件(ヤマ)知ってます？」

「いま、テレビのニュースで知ったとこだよ。あの部屋には、おれの指紋も遺ってるはずだ。刑事にまとわりつかれそうだな」

「ちょっとした事情聴取はされるでしょうね。でも、マークされることはないと思いますよ。犯行現場から中国人らしい二人の男が逃げ去ったのをマンションの住人が目撃してるわけだから」

「そうだな。それにしても、警察庁の大型コンピューターにおれの指紋カードが登録されてると、何かと行動しにくいよ。警察庁のコンピューターシステムに時限爆弾装置でも仕掛けたいね」

「こっちも同じ気持ちです。それはそうと、原宿署の田浦と鳥居って奴はもう千本木さんにまつわりついてないでしょ？」

「そういえば、そうだな。あの二人のことは、すっかり忘れてたよ」

「そうですか。どうも原宿署の捜査本部は折戸正明殺しの容疑者として、折戸の女房の深雪の浮気相手をマークしはじめてるようなんだ」

「折戸深雪には男がいたのか」

千本木は、深雪の切れ長の色っぽい目を頭に思い浮かべた。

「そうらしいんですよ。深雪の高校時代の二級先輩のコンピューター・エンジニアだというんですが、その男は先々月、折戸に会って深雪と別れてほしいと頼んだんだそうです」

「折戸はどんな反応を？」

「激昂して、その男をさんざん殴りつけたらしいんですよ。足蹴にもしたそうです。それでも、深雪の浮気相手はじっと耐えてたというんですよ」

「忍耐強い奴だな。おれがその男なら折戸を殴り返して、深雪を引っさらっちまうけどね」

「多分、おれも千本木さんと似たようなことをやるでしょう」

日暮がいったん言葉を切って、すぐに語調を変えた。

「脱線しましたが、その男は折戸に殴られた翌日に刃物を買って深雪の旦那をずっと尾けてたらしいんですよ」

「捜査本部は別件で、その男をしょっぴいたのか？」

「ええ、きのうの夕方ね。賭け麻雀か何かの容疑で身柄を押さえたって話だったな」

「汚い手を使ってるんだな、警察は相変わらず」

千本木は言った。

「そうですね」

「で、深雪の彼氏は折戸殺しについてはどう言ってるって？」

「懐に刃物を呑んで折戸を尾行してたことは素直に認めたらしいけど、殺しについては全面的に否認してるって話でした」

「その男はシロだな。折戸を刺した犯人は、腸をずたずたにしてるんだ。堅気の男が、そこまでやれるわけない」

「ええ、そうですね。素人はナイフで相手を突き殺すことはできても、左右に抉るなんてことはなかなかできるもんじゃないですから」

日暮が言った。

「その通りだな。捜査本部の奴らは何を考えてるんだっ。呆れちまうな」

「おそらく連中は面子を立てるため、とりあえず誰か容疑者を引っ張る気になったんだろうな。そんなことをしてるから、誤認逮捕や冤罪が跡を絶たないんですがね」

「おれも、そう思うよ。話は飛ぶが、新宿署の生活安全部に知り合いは？」

「いることはいますよ。何を探りたいんです？」

「関東義誠会矢沢組と中国人マフィア、特に北京マフィアとの繫がりを調べてほしいんだ」

千本木は言った。

「知り合いの刑事に、それとなく訊いてみましょう」

「悪いが、頼むよ」

「何かわかったら、連絡します」

日暮が通話を打ち切った。夜になるまで、だいぶ時間がある。室井の自宅に行ってみることにした。

千本木は受話器を置くと、洗面所に向かった。

3

部屋のインターフォンが鳴った。

靴を履(は)きかけたときだった。千本木は片足だけ靴に突っ込み、玄関ドアのスコープに顔を近づけた。来訪者は誰なのか。

ドアの向こう側には、中年と若い男が立っている。どちらも眼光が鋭い。刑事だろう。そう直感した。

千本木はドアを押し開けた。

二人の男が軽く頭を下げた。千本木は先に喋った。

「あなた方は？」

「上野署の刑事課の者です。わたしは清原(きよはら)、連れは宮(みや)といいます」

中年男が言って、警察手帳を見せた。

「で、何か？」

「千本木創さんですね」

「そうです」

「あなた、浅沼久美という女性をご存じでしょう？」

「ええ、知ってますよ」

千本木は努めて平静に答えた。

「どういうご関係だったんです？」

「別に特別な間柄じゃありませんよ。四、五日前に上野のパチンコ屋で偶然に隣り合わせに坐って、なんとなく意気投合しちゃいましてね。で、その後居酒屋で飲んだんです」

「それだけじゃないでしょ？」
二十八、九歳のスポーツ刈りの刑事が口を挟んだ。
「そういえば、居酒屋を出た後、彼女のマンションに行ったな。それで、コーヒーをご馳走になりました」

「今朝早く浅沼久美が部屋で殺されたことは？」

「テレビのニュースで、さっき知りました。そうか、彼女の部屋からこっちの指紋が採取されたんだな。そういうことなんでしょ？」

「ええ、まあ。参考までに教えてもらいたいんですが、昨夜から今朝にかけて、どこにいらっしゃいました？」

「この部屋にいましたよ、ずっとね」

「それを証明できる方は？」

「いません。しかし、わたしはきのうの午後十二時前から一歩も外に出てませんよ」

千本木は言った。

何か言おうとした若い刑事を手で制し、清原と名乗った中年刑事が上着のポケットから二枚の写真を取り出した。写真には、アブドルとハジムの顔が写っていた。どちらも鮮血に塗（まみ）れている。鑑識写真にちがいない。

「写真の二人は不法滞在のイラン人だったんですが、会ったことは？」

「ないですね。浅沼久美の部屋で発見された二人というのは、この連中なんだな」

「ええ、そうです。どちらも顎の関節を外されてましてね。ひとりは腕をへし折られていました」

「それが何か？」

「あなたの過去の事件調書をちょっと読ませてもらいました。二年前の傷害事件のとき、あなたは暴漢たちの利き腕をへし折ってますね。それから、別のひとりは顎の関節を外されてる」

「手口が似てるんで、わたしを今朝の事件に関わりがあると睨んだわけか」

千本木は清原の顔を見た。

「犯行現場から、あなたの指紋（モン）も検出されてるんですよ。それから、痛めつけ方が二年前の事件（ヤマ）とそっくりだ。素人だって、あなたのことが気になると思いますがね」

「なるほど」

「といっても、別にあなたが三人を手榴弾で爆死させたと思ってるわけじゃありません。あなたは何らかの理由があって、二人のイラン人男性を痛めつけたんじゃないかと思ったわけです。そうならば、犯人と思われる中国人らしい二人組を目撃してるかもしれないと考えたんですよ」

清原が言った。その語尾に、宮の声が被（かぶ）さった。

「どうなんです？」

「写真の二人には会ったこともありません。悪いが、出かけなきゃならないんだ。もう引き取り願いたいな」

千本木は硬い声で言った。若い宮がむっとした顔つきになったが、ベテラン刑事が目顔（めがお）で窘（たしな）めた。

ほどなく二人の刑事は辞去した。

千本木は玄関ドアを閉め、マットの上に坐り込んだ。もう片方の靴を履き、少し時間を遣り過ごす。

原宿署の刑事たちの影が消えたと思ったら、今度は上野署の二人か。やれやれだ。どこかで二人を撒かなければならない。

千本木は立ち上がって、自分の部屋を出た。

エレベーターホールには誰もいなかった。地下駐車場に降り、サーブに乗り込む。マンションの外に出ると、案の定、近くの路上に警察車が見えた。灰色のプリウスだった。運転席には宮刑事が坐っている。

千本木は張り込みに気づかない振りをして、車を自然に走らせはじめた。プリウスが追尾してくる。千本木は明治通りに向かうと思わせ、ＪＲ代々木駅の少し手前で脇道に車を入れた。

東京鉄道病院の駐車場に入り、素早く病院の中に走り入った。プリウスは駐車場の近くに停まった。

清原だけが車を降り、通用口に歩いてくる。

千本木は急ぎ足で表玄関に回り、植え込みの陰に隠れた。

数分後、清原が表玄関から飛び出してきた。車道に出て、左右を忙しく見た。

すぐに清原刑事は病院内に駆け戻った。千本木がサーブを病院の駐車場に置きっ放しにして、徒歩で逃げたと思ったらしい。そう思わせる作戦だった。

千本木は、ほくそ笑んだ。

五分ほど経ってから、通用門側の駐車場に引き返した。通用門の陰から、路上を覗く。プリウスは消えていた。

千本木は自分の車に乗り込み、慌ただしく発進させた。

わざと遠回りして甲州街道に出てから、初台交差点を左に折れる。山手通りだ。青葉台まで進み、上目黒と東山の間を抜けた。室井の自宅のかなり手前でサーブを路上に駐め、ゆっくりと歩を運ぶ。

室井家の近くまで進むと、門から日東商事の鴇田や梅里が出てきた。どちらも黒の礼服姿だった。

家の中から、未亡人の佳津恵が現われた。喪服姿の佳津恵は妖しい美しさをたたえている。なんとも色っぽい。

危ないとこだった。鴇田たち二人と佳津恵には、別々の身分を騙っている。うっかり家を訪ねてたら、まずいことになっていただろう。

千本木は胸を撫で下ろした。

鴇田と梅里が待機していた黒塗りのクラウンの後部座席に乗り込んだ。運転手は初老の男だった。会社から貸与されている鴇田の専用車だろう。

佳津恵が車に向かって深々とお辞儀をした。

クラウンが静かに走りはじめた。車が遠のくと、佳津恵は家の中に戻ろうとした。

千本木は小走りに近寄り、佳津恵を呼び止めた。

佳津恵が石畳の途中で振り向いた。

「一昨日は、すっかりご迷惑をおかけしてしまって」

「通夜にも告別式にも出られなくて、申し訳ありません。後れ馳せながら、お悔やみ申し上げます」

「わざわざご丁寧に」

「ご焼香させてください」

千本木は言った。佳津恵が黙って頭を下げ、案内に立った。

室井護の遺骨は、一階の奥の仏間に置かれていた。そこには、もう弔問客はいなかった。近親者たちは居間で、故人を偲んでいるようだ。

千本木は用意してきた香典を霊前に供え、型通りに故人の冥福を祈った。佳津恵は少し離れた場所に正坐していた。

「ご主人がこんなことになられて、お辛いと思います。悲しみはすぐには薄れないでしょうが、どうか気をしっかり持ってください」

「ご親切にありがとうございます。あなたが室井の担当検事さんだったらと思うと、なんだか主人がかわいそうで」

「わたしが担当検事だったとしても、ご主人に襲いかかった魔手を払いのけてやることはできなかったでしょう。室井さんが不幸な亡くなり方をしたのは、ある意味では警察と東京地検の責任です。ご主人の最初の供述に不自然さや矛盾を感じてれば、きっと何か手を打てたはずです。東京地検の検事として、恥ずかしいと思ってます」

千本木は検事を演じつづけた。

「あなたが担当されてたわけじゃないんですから、そんなふうにご自分を責めたりなさらないで」

「しかし……」

「主人も無念でしょうが、これも運命だったのかもしれません。そうとでも思わなければ、辛すぎますもの」

佳津恵がうつむき、目頭に白いハンカチをそっと押し当てた。懸命に嗚咽を堪える姿がいじらしい。

「わたしなりに動いてみたら、少し謎が解けたんですよ。室井さんの殺害動機がはっきりしないんだが、毒を盛った実行犯はわかりました」

千本木は告げた。佳津恵が顔を上げた。

「ほんとですの!?」

「ええ。実行犯は、アブドル・ジャハードというイラン人でした」

「なぜ、室井がイラン人に毒殺されなければならないんでしょう？　主人は仕事でも私生活でも、イランの方とはまったく接触がなかったのに」

「アブドルという男は、金で殺人を請け負っただけです。彼を雇ったのは、郭という中国人マフィアだと思われます」

　千本木は経緯を話した。

「そのアブドルという男が、検事さんに喋ったことはどこまで事実なんでしょう？」

「彼があなたのご主人の自弁食の厚焼き卵に、郭から渡されたという昆虫採集用の注射器でニッカリン・テップを混入させたことは間違いないと思います。詳しいことは話せませんが、わたしはアブドルを徹底的に詰問したんです。あそこまで追い込まれても、シラを切れる人間は少ないでしょう」

「中国人マフィアの郭とかいう男は、本当にアブドルというイラン人に主人を毒殺するよう依頼したんですかね。アブドルが苦し紛れに適当な言い逃れを口にしたとは考えられませんか？」

「それについては、いずれわかるでしょう。わたしは、郭という男を洗ってみるつもりです」

「単独でそこまでなさるのは、少し危険なんじゃありません？　主人のために、そこまでやっていただくのは申し訳ないわ」

佳津恵が済まなそうに言った。

「きれいごとを言うわけじゃありませんが、ご主人のためというよりも自分自身のためなんです。わたしは、何事もけじめをつけたい性分なんですよ」

「それにしても、あなたのことが心配だわ」

「大丈夫です。そう無鉄砲なことはしませんよ。やりたくたって、やれるほど若くないしね」

千本木は言った。佳津恵は曖昧に笑った。

「あなたも、これからは何かと大変だな」

「先のことは何も考えられません。もちろん、漠とした不安は感じていますけど」

「でしょうね。気持ちが落ち着かれたら、昔の職場に復帰されては？　少しは悲しみが紛れるかもしれません」

「そうですかね」

「あなたは日東商事の秘書課にいらしたとか？」

「ええ、そうです。よくご存じですね」

「職業柄、いろんなことに興味を持つんですよ」

「それで、わたしのことも調べたんですか」

「別に調べたわけではありません。その話は、ちょっと小耳に挟んだんですよ」

千本木は言った。

「そうでしたの」

「ご主人は鴇田常務に目をかけられてたようだから、職場復帰の話を常務に相談してみるんですね」

「え、ええ」

佳津恵は気乗りしない様子だった。鴇田には、いい感情を持っていないのだろうか。

「鴇田常務といえば、日東商事の子会社のプリペイドカード発行会社の社長を兼務されてるんでしょう？」

「ええ」

「パチンコの変造カードが大量に出回ってるようで、カードメーカーはどこも頭を痛めてるんだろうな」

「よくわかりませんけど、『日東アミューズメントカード』も三十億円近い被害を出したという話ですよ」

「そのことは、きょうの毎朝新聞の朝刊に載ってました」

「そうですか。わたしは一昨日から、新聞もテレビのニュースも……」

「当然ですよ。パチンコのプリペイドカード(PC)といえば、ご主人は仕事で子会社の『日東アミューズメントカード』と接触することはあったんですかね？」

千本木は訊いた。

「それはなかったと思います。室井はドイツの精密機器の輸入を主に手がけてましたから、PCとはまるで縁がなかったはずです」

「仕事そのものでは関わりはなかったんだろうが、鴇田氏にかわいがられてたようだから、個人的に何か手伝ってたりしてたのかなと思ったわけですよ」

「そういうことはないと思います」

佳津恵が言って、こころもち目を伏せた。

それを汐(しお)に、千本木は暇(いとま)を告げた。佳津恵は引き留めなかった。

千本木は室井家を出ると、車を新宿に走らせた。

4

インテリアは豪華だった。

それでいて、けばけばしくはない。中国クラブ『銀星(シルバースター)』だ。

千本木は、中ほどの深々としたソファに腰かけた。

午後八時過ぎだった。軽く腹ごしらえをしてから、この店に入ったのだ。客の姿は疎(まば)らだった。まだ時刻が早いからだろう。

「ご指名は？」

分厚い絨毯に片膝をついた黒服の若い男が、澱みのない日本語で問いかけてきた。

「この店は初めてなんだ」

「そのようでございますね。お客さまは、どのような女性がお好きなんでしょう？」

「女は、すべて好きだよ」

「そうなりますと、人選に困ります」

「どうせなら、ここで三本の指に入るホステスをつけてもらおうか」

「承知いたしました。少々、お待ちください。お飲みものは、バランタインの十七年物でございますね」

「そう。きみは、ずいぶん丁寧な日本語を使うね。日本語学校の先生、かなり年配だったようだな」

千本木は言った。

「わたしの日本語、どこかおかしいでしょうか？」

「いや、おかしくはないよ。日本人の若い奴らが乱れた言葉遣いをしてるんで、ちょっと古風に聞こえただけさ」

「そうですか」

「きみは北京育ちなのかな？」

「はい、そうです。でも一応、北京語のほかに上海（シャンハイ）語も広東（カントン）語も話せます」

「たいしたもんだな。ホステスさんや黒服の連中も、北京出身なの？」

「全員ではありませんが、ほとんどの従業員が北京市内か近郊の出身です」

黒服の男がにこやかに答え、テーブル席から離れていった。

千本木はセブンスターに火を点け、さりげなく店内を見回した。奥にいる客を除いて、ほかの三組は日本人のビジネスマンのようだ。

郭林義（クオリンイー）は見当たらない。仲間の北京マフィアらしき男たちもいなかった。

煙草を半分ほど喫（す）ったとき、さきほどの黒服とは別の青年がスコッチのボトル、アイスペール、ミネラルウォーターなどを運んできた。青年は恭（うやうや）しく一礼し、静かに歩み去った。

入れ違いに黒服の男が近寄ってきた。

光沢のある翡翠（ひすい）色のチャイナドレスをまとった女を伴っていた。やや目に険（けん）があるが、かなりの美人だ。プロポーションも申し分ない。

「春美（チュンミー）さんです。よろしくお願いします」

日本語の達者な黒服が連れを千本木のかたわらに坐らせ、ゆっくりと遠のいた。

「わたし、春美（チュンミー）といいます。まだ日本語、上手ではありません」

「それだけ喋れれば、立派なもんだよ」

「お客さん、お名前教えてください」

「中村一郎って言うんだ」

千本木は、ありふれた氏名を騙(かた)った。

「お名刺、貰えますか」

「あいにく持ってないんだよ」

「それじゃ、今度くださいね。ウイスキー、オン・ザ・ロックですか。それとも、水割り？」

「車なんで、水割りにしよう。それでも飲酒運転することになるから、本当はノンアルコールビールにすべきなんだがね。どうしても一杯飲(や)りたくなったんだよ」

「そうですか」

春美(チュンミー)がてきぱきとスコッチの水割りをこしらえた。しなやかな白い指が女っぽい。

「きみはカクテルがいいのかな」

「いいえ、水割りで結構です」

「それじゃ、おれが作ってやろう」

「それは、いけないこと。わたし、店長に怒られます」

「そうか」

千本木は手を引っ込めた。春美(チュンミー)が自分の水割りウイスキーを作った。

ちょうどそのとき、オードブルが届けられた。ローストグース、水母（くらげ）、蟹肉（かにく）、中華ハム、セロリの盛り合わせだった。

二人はグラスを軽く触れ合わせた。

春美（チュンミー）がスコッチの水割りをおいしそうに飲み、脚（あし）を組んだ。深い切れ込み（スリット）から、むっちりとした白い腿（もも）が零（こぼ）れた。なまめかしい。

「きれいな脚だな」

千本木は人差し指で、春美（チュンミー）の腿をソフトに撫でた。素足だった。肌は滑らかだ。

「お客さん、プレイボーイなのね。触り方がとっても上手」

「プレイボーイとは懐かしい言い方だな。それはともかく、おれは女蕩（たら）しなんかじゃないよ。きみがあまりにもチャーミングだから、思わずタッチしてしまったんだ」

「お客さんも素敵ですよ、とっても」

春美（チュンミー）が身を凭（もた）せかけてきた。チャイナドレスを通して、柔肌（やわはだ）の温（ぬく）もりが伝わってくる。

千本木は春美（チュンミー）の肩に腕を回した。

そのとき、郭林義（クオリンイー）が店に入ってきた。黒ずくめだった。

郭（クオ）はスラックスのポケットに両手を突っ込んだまま、肩をそびやかして歩いてくる。

千本木は少しうつむいた。

郭は千本木の近くを通り抜けると、奥の事務室に入った。みかじめ料の集金にきたのだろうか。

「新宿には日本のやくざが大勢いるから、いろんなトラブルがあるんだろうな」

千本木は春美にさりげなく言った。

実際、歌舞伎町には大小併せて約百八十の暴力団事務所がある。組の代紋や提灯を掲げている事務所はない。表向きは、どこも商事会社、不動産会社、芸能プロダクション、リース会社などになっている。

「このお店は、なんにもトラブルはないの」

「それは珍しいな」

「自警団が、お店を護ってくれてるんですよ」

「その自警団って、同じ北京出身の男たちで組織されてるのかな」

「ええ、そう。みんな、中国拳法をマスターしてるから、とっても強いの。頼りになります」

「いわゆる北京マフィアという連中みたいだな」

「日本人はそんなふうに悪い言い方をするけど、みんな、いい人ばかりよ。日本のやくざや怕いタイ人なんかから、わたしたち北京人を護ってくれてるんです」

春美が中華箸を取り、ローストグースのスライスを抓み上げた。もちろん、自分で食べるためではない。千本木は促され、口を開けた。

ローストグースが舌の上に乗せられた。千本木はダイナミックに頬張った。

「おいしい？」

「ああ、うまいよ。それで、その自警団は何人ぐらいいるんだい？」

「正確な数字はわかりません。でも、二十人以上はいると思う」

「リーダーは、まだ若いのか？」

「三十一、二ね」

「なんて名なんだい？」

「お客さん、変ですよ。リーダーの名前、なぜ知りたいんです？」

春美（チュンミー）が警戒の色を浮かべた。

「別に深い意味はないんだ。リーダーの名前は、どうでもいいんだよ。話題を変えよう」

「もっと愉（たの）しい話がいいですね。お客さん、奥さんいるんですか？」

「まだ独身なんだ。今夜だけ、きみと結婚してもいいな」

「お客さん、悪い男性（ひと）ね。北京女性、遊びのメイクラブはあまりしない。ハートとハートが重なったら、セックスするの。プレイ、駄目です」

「でも、中にはドライな娘（こ）もいるんじゃないの？　きみなんか、けっこう話がわかりそうに見えるよ」

千本木は春美（チュンミー）の耳の中に熱い息を吹きつけた。春美（チュンミー）が嬌声（きょうせい）を洩らし、肉感的な体をくねらせた。

「感度はいいみたいだな」

「くすぐったかっただけ……」

「快感とくすぐったさは紙一重なんだよ」

「わたし、よくわかりません。でも、大陸育ちの女性、つまらないよ」

「つまらない？」

「香港や台湾の女性みたいに男性にサービスしないんですよ。ペニスには口を近づけないの。自分の大事なとこも、相手に舐（な）めさせないんです」

「なぜなんだい？」

「みんな、そういうことは不潔だと思ってるから」

「きみもかい？」

「ええ。みんなと同じです」

「そいつは残念だな。しかし、きみとなら、裸で抱き合ってるだけでもいい」

千本木は春美（チュンミー）に甘く囁き、一気にグラスを空けた。春美（チュンミー）がすぐに二杯目の水割りを作った。

彼女がマドラーを所定の場所に戻したとき、店に見覚えのある日本人の男が入ってきた。馬面で、痩せている。関東義誠会矢沢組の嶋だ。片耳には、絆創膏が貼られている。

やはり、嶋と北京マフィアは繋がっていた。

千本木は春美の豊かな髪に顔を埋めた。いま、嶋に気づかれたくなかったからだ。

春美は少しびっくりしたようだったが、じっと動かなかった。嶋は馴れた足取りで、奥の事務室に向かっている。郭と落ち合うことになっていたのだろう。

「急にどうしたんです？」

「いま入ってきた男と顔を合わせたくなかったんだ」

千本木は坐り直した。

「なんで？」

「あいつ、新宿のやくざなんだよ。一度、凄まれたことがあるんだ」

「彼がやくざとは知りませんでした。郭さんの友達だし、わたしたちにも優しいから、いい日本人だと思ってたの」

「郭さんって？」

「さっき話した自警団のリーダーですよ。いけない！　わたし、郭さんの名前教えちゃった」

春美が悔やむ顔つきになった。

「事務室に入っていった男、よくこの店に来るのかい？」

「時々ね」

「あいつが来るときは、郭って男も現われるのかな」

「そう。いつもね。事務室で何か二人で話してる。そういうときは、店長の龍さんも入れてもらえません」

「よっぽど大事な話をしてるんだろうな」

千本木は言って、煙草をくわえた。すかさず春美が店の名の入った緑色のライターを点けた。

千本木はセブンスターを喫いつけながら、店内の天井を振り仰いだ。防犯カメラのレンズが五つ見えた。

「何を見てるの？」

「防犯カメラがいくつも設置されてるね。これじゃ、店の女の子のヒップも撫でられないな」

「そうね。エッチなことしたら、録画されちゃうよ」

「モニターは店長室にあるんだろ？」

「ううん、事務室よ。オーナーが一日おきに店に来て、一、二時間モニターを観てから帰ってくの」

「オーナーも中国人だよな？」

「そう。五十年近く日本にいる華僑よ。新宿にビルをたくさん持ってます。それから、中華レストランも経営してるの」

「やっぱり、北京生まれ？」

「オーナーは福建省の出身ね。でも、オーナーの奥さんは北京育ちなんです」

　春美がそう言い、視線を延ばした。

　その先には、四十五、六歳の脂ぎった男がいた。紺のシルクの背広を着ている。小太りだ。

「店長が呼んでるわ。ちょっと失礼しますね」

　春美が立ち上がって、男のいる場所に向かった。

　事務室にいる郭と嶋がモニターを観て、自分が店内にいることに気づいたのかもしれない。いったん店を出て、表で二人を待ったほうがよさそうだ。

　千本木は煙草の火を揉み消した。

　それから間もなく、春美が席に戻ってきた。

「ごめんなさいね。あなたとわたし、今夜だけ夫婦になれるかもしれません」

「どういう意味なのかな」

「店長があなたはAランクのお客さんになってもらえそうだから、特別なもてなしをしてあげなさいって」

「つまり、おれと寝ろって言われたんだね？」

千本木は確かめた。春美が小さくうなずき、流し目をくれた。

「風林会館のすぐ裏に、グロリアホテルがあります。先にホテルに行って、お部屋で待ってて。服を着替えたら、わたし、すぐにグロリアホテルに行きます。部屋番号はフロントで教えてもらうから、大丈夫！」

「せっかくのお誘いだが、やらなきゃならないことがあるんだ」

「お客さん、わたしを困らせないで。わたしたち、こういうビジネスもしないと、お給料、たくさん貰えないの。協力してくれませんか」

「弱ったな」

「あなたはお金払わなくていいの、お店側のスペシャルサービスだから。あなたがしてほしいんだったら、オーラル・セックスもオーケーです。だから、お願い！」

「美人にそこまで頼まれたんじゃ、断れないな。いいよ、つき合おう」

千本木は罠と知りつつ、わざと危険な誘いに乗ることにした。郭の配下が襲ってきたら、ぶちのめせばいい。

「ありがとう。なるべく早く、わたし、ホテルに行きます」

春美(チュンミー)が嬉しそうに言い、千本木の頬に軽くキスした。

千本木は支払いを済ませ、先に店を出た。勘定は思いのほか安かった。二万数千円だった。

千本木はグロリアホテルに向かった。

数百メートル歩くと、上着の内ポケットでスマートフォンが振動した。『銀星(シルバースター)』に入る前に、マナーモードに切り替えてあったのだ。

発信者は日暮だった。

「千本木さん、矢沢組は北京マフィア、福建マフィア、上海マフィアの三派とそれぞれうまくつき合ってるそうですよ」

「そうか。北京マフィアには、どんな下請け仕事をさせてるんだって?」

「債権の取り立て、拉致(らち)、殺人といった荒っぽいことをやらせてるって話でした。しかし、矢沢組が北京マフィアにパチンコのプリペイドカードの変造をやらせてるかどうかは把握してないようです」

「そう」

「ついでに嶋って男のことも教えてもらいましたよ、新宿署の生活安全課にいる知り合いに。嶋は矢沢組の舎弟頭だそうですが、なかなかの野心家みたいですね。親しい者には、そのうち自分の組を構えると言ってるそうです」

「嶋がそういうタイプの男なら、個人的に北京マフィアにパチンコのＰＣの変造をやらせてるとも考えられるな」

千本木は喋りながら、小さく後方を振り返った。尾行者の影はなかった。

「組には内緒で、内職してるんでしょう」

「ああ。おそらく嶋は自分でＰＣの変造を思いついたんじゃなく、誰かに頼まれたんだろう。それから、その誰かのために嶋は北京マフィアの郭に荒っぽい犯罪を踏ませたようだな。郭はダーティーな仕事の一部をアブドル・ジャハードに孫請けさせ、配下の者に始末させたにちがいない」

「ええ、おれもそう思います。そうそう、郭は毎晩、ホテルを変えてるそうです。手下どものアジトもくるくる変わってるって話だったな」

「そうか。実は、少し前に中国クラブで郭と嶋が会ってるとこを見たんだ」

「えっ」

日暮が驚きの声をあげた。千本木は、敵が罠を仕掛けてきたことを手短に話した。

「千本木さん、そのグロリアホテルにおれも行きます。いくら千本木さんでも、ちょっと無謀ですよ」

「そっちの気持ちは嬉しいが、助っ人はいらない。日暮ちゃんに何かあったら、ブレンダに恨まれるからな。好きな女に心配かけさせるなって」

「千本木さんにだって、美人放送記者がいるじゃないですか」

「情報、ありがとよ」

千本木は一方的に電話を切り、スマートフォンを内ポケットに戻した。

グロリアホテルまで五分も歩かなかった。造りはシティホテル風だが、情事のために部屋が使われることが多いのだろう。現に不倫カップルらしい二組が相前後して、ホテルの玄関を潜った。

その二組が消えてから、千本木はフロントに近づいた。ツインベッドの部屋を取り、六十年配のフロントマンに後から連れの女性が来ることを告げて、エレベーターに乗り込んだ。

部屋は八〇五号室だった。千本木は部屋に入ると、ソファに腰かけた。

セブンスターをたてつづけに二本喫ったとき、部屋のドアがノックされた。千本木はおもむろに立ち上がり、出入口まで歩いた。

「わたしよ」

ドア越しに、春美の声がした。いくらか声が震えていた。やはり、襲撃者と一緒のようだ。

「いま、開ける」

千本木は内錠を外すなり、壁に身を寄せた。ドアの陰だった。息を殺す。

ドアが開けられた。千本木は、来訪者からは死角に立っていた。

入室した春美（チュンミー）が後ろの男に突き飛ばされ、床に前のめりに倒れた。

押し入ってきた男は、右手に青竜刀を握りしめていた。全身に殺気が漲（みなぎ）っている。

男は、いきなり青竜刀を上段から降り下ろした。

空気が断ち割られた。切っ先は、千本木の胸すれすれのところを掠（かす）めた。一瞬、心臓がすぼまった。思わず半歩退（さ）がった。

男が青竜刀を引き戻した。

千本木は膝を発条（ばね）にし、男に組みついた。

左腕で相手の喉笛を圧迫し、利き腕の手首を逆に捻る。青竜刀が落下した。

千本木は男を突いた。男が前に回転し、敏捷（びんしょう）に起き上がった。二十代後半だろう。色が浅黒く、頬骨が高い。

男が、やや腰を落とした。

中国拳法の構えだ。中国拳法は、寸勁（すんけい）とか短勁（たんけい）と呼ばれている近打ちを秘伝としていた。突きは相手の表面を傷つけることなく、内部を破壊するという技（わざ）が多い。ことに直突（じかづ）きは侮（あなど）れなかった。

千本木は高く跳（と）んだ。

宙で体を横にし、両脚で相手の首をきつく挟みつけ、一気に捻（ひね）り倒す。グレイシー柔術の創始者が編み出した秘技だ。大技のせいか、未熟者は失敗することが少なくない。だが、千本木はきれいに秘技を極めた。

男が床に転がった。

千本木は、すぐに送り襟絞めの体勢に入った。男の胴を両脚で力まかせに締めつけ、右腕でぐいぐいと首を絞め上げる。

「さて、郭の今夜のホテルを教えてもらおうか」

「………」

「もう気が遠くなったか。なら、喝を入れてやろう」

千本木は手脚の力を緩めた。

そのとき、春美が悲鳴をあげた。出入口のそばに、両手保持で拳銃を構えている男がいた。消音器を嚙ませたハイポイント・コンパクトだ。

あの男が曾根弁護士を射殺したにちがいない。

千本木は、気絶しかけている男を弾除けにした。

だが、無駄だった。銃弾が放たれた。千本木は横に転がった。二弾目が飛んできた。すぐ近くに着弾した。

青竜刀の持ち主は左胸を撃ち抜かれていた。

春美が北京語で喚きはじめた。そのとたん、拳銃を手にした男が急に身を翻した。

千本木は跳ね起き、部屋を飛び出した。右手の非常扉が開き、けたたましく警報が鳴っている。男は非常階段を使って逃げる気らしい。千本木は踊り場に出た。下から階段を駆け降りる音が響いてきた。

千本木は手摺に摑まりながら、勢いよく階段を下りはじめた。六階の踊り場まで降りると、下から銃弾が飛んできた。

手摺が高く鳴り、火花が散った。

千本木は中腰で、階段を降りつづけた。一階まで下り、ホテルの敷地から出る。

男の姿は搔き消えていた。

千本木は中国クラブまで一気に駆けた。店内に走り入り、事務室のドアを開ける。

室内には誰もいなかった。

「あなた、何するかっ。警察呼ぶよ」

龍という店長が血相を変えて走り寄ってきた。目が攣り上がり、凄まじい形相だった。

「郭は、今夜、なんてホテルに泊まると言ってた？」

「わたし、そんな人知らないよ。あなた、乱暴ね。ほんとに一一〇番するよ。いいね？」

「好きにしろ！」

千本木は吼え、『銀星』を出た。

飲食店ビルを出ると、彼はK企画の入っている雑居ビルに向かった。嶋がK企画のオフィスにいるとは思えなかったが、確かめずにはいられない気持ちだった。

夜の歌舞伎町は、不夜城のように光に彩られていた。

第五章　歪んだ陰謀連鎖

1

エンジンが切られた。

白いクルーザーが振動しながら、ゆっくりと停止した。

相模湾(さがみわん)の江の島沖である。千本木は甲板(デッキ)に立っていた。潮風に嬲(なぶ)られ、髪の毛は乱れている。午後二時過ぎだった。

新宿のグロリアホテルで襲われたのは一昨日のことだ。

事件は、きのうの朝刊に大きく扱われていた。仲間に胸を撃たれて死んだ男は李剣民(リーチェンミン)という名で、やはり北京出身の不法滞在者だった。

春美(チュンミー)のことは、まったくマスコミで報じられなかった。自分のオーバーステイが発覚することを恐れ、彼女は千本木が八〇五号室を出た直後に姿を晦(くら)ましたのではないか。

千本木自身は中国クラブを出た後、K企画の事務所に回った。

しかし、無人だった。近くにある矢沢組の事務所の前で一晩中、張り込んでみた。

だが、ついに嶋を捕まえることはできなかった。

ハイポイント・コンパクトを持って逃げた男は、いまも捜査の網に引っかかっていない。おそらく新宿周辺に身を潜めているのだろう。

千本木はきのう一日、郭と嶋を捜し回った。しかし、徒労に終わった。

日暮から耳よりな話がもたらされたのは、きょうの午前十時ごろだった。

裏社会に通じている顔役の伝手で、パチンコのPC変造機づくりのプロとコンタクトできたという。本人の顔写真を撮ったり、会話を録音しなければ、千本木に会ってもいいと言ったらしい。

千本木はすぐさま会見を申し入れ、大下肇という人物が指定した葉山マリーナに車でやってきたのだ。

桟橋には五十年配の大下が待っていた。中肉中背で、荒んだ感じではなかった。サラリーマンといっても、充分に通用しそうだ。

大下はヨット帽を目深に被り、色の濃いサングラスをかけていた。どこかから望遠レンズで隠し撮りされることを警戒したのだろう。

大下は千本木がICレコーダーを隠し持っていないことを確かめると、自分のクルーザーに案内した。全長二十数メートルのクルーザーだった。

船室には二人分のソファベッドがあり、ダイニングテーブルが据えられている。狭いながらも、調理室やトイレも付いていた。

錨が打たれた。

横波に小さく揉まれていたクルーザーが安定した。操舵室から大下が現われた。

「絶好の釣り日和だな。あなた、フィッシングは？」

「子供のころに川釣りを少しやったきりです」

「釣りは面白いですよ。ぜひ、またおやりになるといい」

「機会があったら、そうします。さっそくですが、本題に入らせてください」

千本木は急かした。大下がうなずき、横に並んだ。

「あなたがパチンコのプリペイドカード変造機づくりのプロだという話は本当なんですか？」

「ええ、事実です。一号機は一九九三年の五月に完成させたんだ。これまでに六十数台は製造してるね」

「参考までにうかがうんですが、ＰＣ変造機を最初に手がけたのは大下さんなんですか？」

「いや、わたしじゃない。確認したわけじゃないんだが、九一年の秋には上海から密航した中国人の若い男が作ったという一号機が完成してるはずだよ。そいつは、テレカの変造機にちょっと手を加えたものだったらしい」

「そんなに簡単なものだったのか」

千本木は意外な気がした。

「そのころは、まだカードにセキュリティーがなかったからね」

「ああ、なるほど。で、その男はその後も変造機づくりを？」

「いや、一号機を製造して間もなく密入国したことが発覚して、中国に強制送還されたそうだ。変造カードを売って懐が豊かになったのを密入国仲間が妬んで、彼を入管と警察に売ったとかって噂だったね」

大下が言って、英国煙草のダンヒルをくわえた。高級ライターで火を点けると、彼はヨットパーカのポケットから、携帯用の小さな灰皿を取り出した。

「いつもそれを使ってるんですか？」

「甲板で一服するときはね。これ以上、海が汚れるのは耐えられないんだ」

「偉いな。なかなか真似のできることじゃありません」

「そんなことはないさ。ちょっとした心がけがあれば、誰にもできることだよ。それはともかく、その一号機の後、マレーシア系の中国人やパキスタン人が似たような変造機をこしらえたようだが、どれも欠陥があったらしく、量産はされなかったんだ」

「あなたが変造機の製造をする気になった動機は、何だったんです？　手っ取り早く金を得たかったのかな」

千本木は海原(うなばら)のうねりを見ながら、変造機づくりのプロに問いかけた。

「もちろん、そういう気持ちはあったよ。しかし、それだけじゃなかったんだ。大きな動機は復讐(ふくしゅう)だね」

「復讐ですか。誰に対する復讐なんです？」

「警察、大手商社の子会社のカードメーカー、それからＮＴＴだよ。パチンコ業界の健全化を旗印にして、警察、正しくは『たいよう共済』だが、それにＮＴＴ、大手商社が組んで一九八八年にカード会社を発足させて、カード専用のパチンコ台が導入された。一般にはＣＲ(カード・リーダー)機と呼ばれてる台だね」

「ええ、わかります。警察や警察庁の外郭団体の財団法人・保安電子通信技術協会がギャンブル性を煽(あお)ることを黙認したということで、マスコミにだいぶ非難された時期があったな」

「実際、ＣＲ機台はギャンブル性が高いんだよ。一日に二十万円前後稼ぐことも可能だからね。しかし、逆に十万、二十万と負ける場合もある。その過激さに熱くなって、パチンコ人口は増えた。もはやパチンコは庶民の娯楽どころか、博打(ばくち)になってる」

「そうですね。警察はプリペイドカードの導入によって、パチンコ店の脱税防止と業界から暴力団の排除を狙ったわけだが、変造カードの横行で実態は逆になっちまった感じだ」

「その通りだね。一部の悪質パチンコ店は変造カードが使われてても、見て見ぬ振りをして売上を増やしてる」

大下が嘆くように呟き、短くなった煙草を携帯用灰皿に入れた。

「見て見ぬ振りどころか、変造カードを使うことを望んでる店も多いんでしょ？　もっとひどい業者は、変造組織とつるんでるようですからね」

「事実だよ、それは。悪質なパチンコ業者は売上の伸びに気をよくしてるが、健全経営の店は次々に潰れていった。実は、わたしは地方都市のパチンコ屋の倅なんですよ」

「そうだったんですか。それじゃ、かつてはパチンコ店の経営に携わってたんですね」

千本木は大下の横顔を見た。

「いや、わたしは東京の私大の工学部を出てから、通信機器会社のエンジニアをやってた。店は両親が細々とやってたんですよ。どちらも金儲けが下手でね、喰うのがやっとだった」

「そうですか」

「そんなふうだから、ＣＲ機台を買い入れる資金もなくてね。ＣＲ機台の横に付いている玉貸機(ユニット)は、一台約十五万円でカード会社から買うんですよ。仮にCR機を百台購入したとしたら、それだけで千五百万円が必要になる。店内に置くプリペイドカード販売機は小型のものでも、一台二百万円近い価格です。二台置くとなれば、およそ四百万はかかる。カード販売機や受付機のコンピューター使用料が月々二十四、五万はする」

「それに、パチンコ店はPCの発行手数料をカード会社に払うんでしょ？」

「いまはカード一枚に付き十三円だが、昔は十六円だったんだ。それはいいとしても、カード会社は各店から供託保証金を取ってるんですよ」

「その額は？」

「一台当たりの売上の三日分なんだ。仮に一日に五万円の売上があったら、その三日分の十五万円。CR機が百台あったら、保証金だけで千五百万円だね。大型パチンコ店なら、どうってことない投資額だが、吹けば飛ぶような店にとって、三千万、四千万の投資は重すぎる」

大下が唸(うな)るように言った。

「そうでしょうね」

「CR機の導入をできなかった父母の店は次第に客足が遠のいて、結局は店を畳むことになったんだ。根っからパチンコ屋稼業が好きだった親父は腑抜(ふぬ)けになったみたいに毎日、ぼんやりとしてた。そのうち肺癌になって、わずか半年入院しただけで死んでしまった。おふくろも気落ちして、貸店舗にした店の家賃で細々と暮らしてる。張りがなくなったせいか、急に老け込んじゃってね。顔を見るのが辛かったな」

「あなたにご兄弟は？」

千本木は訊いた。

「ひとりっ子なんだ。親父たちのささやかな商売を奪った連中のことを考えると、なんだか猛烈に腹が立ってきてね。そんなわけで、ＰＣの変造機をこしらえてカードメーカーの奴らにひと泡噴かせてやろうと思ったんだよ」

「なるほど、それで復讐なんですね」

「そう。最初は勤めながら、開発に取りかかったんだ。秋葉原のパーツ屋で買ってきた公衆電話のカードリーダーを分解したりしてね」

「試作品を製造されたのは、それからどれくらいしてからなんです？」

「四、五カ月後だったかな。しかし、エラーが多くてね。で、勤めを辞めて本格的に取り組むことにしたんだ」

大下は遠くを見る眼差しになった。

「成果はどうだったんです？」

「それこそ寝食も忘れて頑張ったんだが、あまり改良は進まなかったね。心理的に追い込まれて、フェアじゃないんだが、あるパチンコ屋の店員を金で抱き込んで、深夜に玉貸機（ユニット）を一台盗み出させたんだ」

「そいつを分解して、カードの磁気データの読み取り装置の仕組みを調べたんですね？」

「その通り。ちょっと専門的になるが、プリペイドカード（ＰＣ）には、プラスとマイナスの両方にデータが入ってるんだよ。玉貸機には録音機なんかと同じようにヘッドがあって、その中のコイルがカードデータのプラス、マイナスを感知するんだ」

「正確には理解できませんが、なんとなくわかります」

千本木は言った。

「そのデータをそのままＲＡＭ、つまりデータを読み書きできるメモリーに落とせば、なんなくデータの解読はできるんだ。ただ、ユニットは蓋（ふた）を開けた瞬間に、すべてのデータが消えるようになってる」

「玉貸機（ユニット）そのものに、セキュリティーが備わってるわけか」

「そういうことだね。蓋を開けると同時に、さっき話したＲＡＭ、基本処理や制御を行う頭脳部分のＣＰＵ、それから読み出し専用のＲＯＭなんかの情報が飛んでしまうんだ。そこで、わたしは別のパチンコ店から盗ませた玉貸機の蓋を開けずに特殊なアンプを使って、データを読み取ったんだよ」

「その特殊アンプというのは、どういった類のものなんです？」

「その質問にはお答えできないな。いわば、企業秘密なんでね」

大下が、にやりと笑った。

「わかりました。先をつづけてください」

「データの読み取りができたからって、変造機はすぐに製造できるわけじゃない。NTTデータ通信が開発したシステムは割に精巧なんだよ」

「そうでしょうね」

「それでもカードリーダーの摩擦係数やカード受け付け時のモーターの回転数なんかを正確に把握しておけば、カードへの書き込みは割に簡単なんだ。テレカよりも手は込んでるが、パチンコのPCのデータ量はそんなに多くないんだよ」

「データは、磁気を使ったバーコードで表されてるんでしょ？」

千本木は確かめ、江の島に目を向けた。

島影は豆粒ほどの大きさだった。白い点はヨットの帆だろう。

「そう。一センチ幅に八つの山があって、そこにカードの金額や店のIDコードなんかが記録されてるんだ」

「パチンコのプリペイドカードは購入店でしか使えないんですね？」

「カード会社の受付機が置かれてない他店では、そういうことになるな。しかし、受付機にカードを潜らせれば、ＩＤが書き換えられて戻ってくるから、その受付機のある他店でも使えるんだ」

「そうなんですか」

「そうしたことをクリアして、いよいよ本格的な変造機づくりに取り組んだわけさ。市販のリーダー、ヘッド、ライター、モーター、基盤なんかを三十数万円で買い集めて、それぞれの構造を少しずつ変え、ようやく一号機の完成に漕ぎつけたんだよ」

大下が言って、またもや煙草に火を点けた。

愛煙家の千本木も一服したくなった。しかし、吸殻を海や甲板に落とすわけにはいかない。といって、大下の携帯用灰皿を使わせてもらうのも面倒な気がする。短く迷ったが、もう少し喫煙は我慢することにした。

「原価は意外に安いんだな」

「まあ、そうだね。しかし、開発にかなりの時間と労力を費したから、一号機は千六百万で売ったんだ」

「その相手は？」

千本木は訊ねた。

「パチンコ業界のあるブローカーだよ。その男は、二千五百万円でブローカー仲間に転売したそうだよ。そんなふうに転売が繰り返されて、最終的には名古屋の暴力団関係者が五千万円で買い取ったらしい」

「いい値ですね」

「五千万円で買っても、すぐに元は取れる。変造機をフル稼動させれば、日産一万七、八千枚はいけるからね。現在、全国に約一万八千軒のパチンコ店があるんだが、CR機は百五十万台も入ってるんだ。変造カードを大量生産したって、まだまだカードの買い手はつくだろう」

大下がうそぶいて、ダンヒルの灰を小さな灰皿に落とした。

「あなたのほかに、変造機づくりのプロは何人ぐらいいるんです？」

「わたしが調べたところでは十人前後だね。データシステムの技術者だった日本人が二人で、ほかは中国人たちだよ。中国人グループは出身地ごとに分かれて、福建省グループ、上海グループ、台湾グループを形成してるんだ」

「北京グループは、変造機の製造は手がけてないんですか？」

「ある時期、北京出身の不法滞在者が製造に取りかかってたらしいんだが、その男は上海グループのひとりと喧嘩して殺されてしまったんだ。それ以来、北京グループは日本の暴力団関係者から譲り受けた旧式の変造機を使ってるらしい。もっとも使用可能の変造カードが少なくて、あまり商売にはなってないようだがね」

「変造テレカで暗躍してたイラン人たちは、どうなんですか？」

千本木は問いかけた。

「PCはテレカなんかよりもセキュリティーがしっかりしてるから、連中が変造機をこしらえるのは難しいだろう。日本の組関係者がイラン人グループに開発費を提供したって噂は耳にしたことはあるが、変造機ができたって話は聞いてないね」

「そうですか」

「その代わり、イラン人グループや北京マフィアは変造PCの打ち子をやったり、カードの販売を熱心にやってる」

「打ち子というのは、変造カードを使ってパチンコ玉を弾く役目の人間のことですよね？」

「本来は、そういう意味だよ。しかし、いまの打ち子はほとんどパチンコ玉は弾かないで、店から借りた玉をそのまま換金してる」

大下が煙草を携帯用灰皿に突っ込み、すぐに言葉を重ねた。

「パチンコ屋は客に玉を一個四円で売って、たいてい二円五十銭で買い戻してる。わかりやすく説明すると、百万円分の変造カードを使えば、客は六十二万五千円の儲けになるわけだね。打ち子たちが変造組織に雇われてる場合は、それぞれが仕事量に応じて約束の報酬を貰えるんだよ。パチンコ店側は打ち子がいることを知ってても、咎めないことが多い。百万円分使ってくれれば、三十七万五千円の儲けになるからね」

「変造カードはイラン人の不法滞在者たちによって、繁華街なんかでも売られてるわけでしょ？」

「ああ、売られてるね。売値の相場は現在使用中止の一万円カードが八百円前後、五千円カードが約四百円、三千円カードは二百五十円そこそこだよ」

「驚くほど安いんだな」

「しかし、元手は百円もかかってないわけだから、決して悪いビジネスじゃない。逮捕されるのは末端の売り子だけで、グループの幹部や親玉が検挙されることはめったにないからね」

「そうですか。しかし、変造機を製造した者が検挙られたら、有価証券変造幇助罪で罰せられる。大下さんも、適当なとこで足を洗ったほうがいいな」

千本木は本気で忠告した。

「元検事さんの忠告だが、わたしはカード会社が倒産するまでやるつもりだ。そうじゃなければ、死んだ親父が浮かばれないからね」

「気持ちはわかるが……」

「あんた、まさか警察にわたしを売ったりしないだろうな」

大下が笑いながら、そう言った。おそらくサングラスの向こうの両眼は笑ってはいないだろう。

「そんなことは絶対にしませんよ」

「もっとも密告されたとしても、こっちは警察庁のお偉いさんのちょっとした弱みを握ってるから、不起訴処分に持ってけそうだがね」

「警察庁の偉いさんの弱みを握ってるとは羨ましいな。どんな弱点なんです？」

「そいつは勘弁してほしいな。わたしの切札だからね」

「その偉いさんはカード会社に天下りするという条件で、ＣＲ機を入れてないパチンコ屋に営業停止にするぞなんて脅しをかけてるのかな？」

千本木は誘い水を撒いた。

「それは、まあ、いいでしょ。それより、あなたが最も知りたがってることだが、ブローカーに探りを入れたところ、わたしの製造したカード変造機がやっぱり関東義誠会矢沢組の嶋って男に渡ってたよ」

「嶋は、変造機をいくらで買ったと……」

「六千万だそうだ。変造機を買う際、嶋って男は組には内緒の副業であることをしつこく言って、口外するのを堅く禁じたって話だったよ」

「舎弟頭の嶋が個人で六千万円も都合できるとは思えない。購入資金は、黒幕から出てるんだろうな」

「わたしも、そう思うね。知り合いのブローカーに嶋って男の居所を探るよう言っといたんで、もしかしたら、近日中にわかるかもしれない」

「何から何まで、申し訳ありません。恩に着ます」

「わたしを息子のように思ってくれてる顔役が昔、警視庁にいた日暮って刑事さんにとても世話になったらしいんですよ。その恩人に頭を下げられたら、協力しないわけにはいかない」

「ありがとうございます」

「なあに。今度は一緒にフィッシングをやりたいね」

「ぜひ誘ってください」

「それじゃ、マリーナに戻るか」

大下がコックピットに入った。ボルボの二百七十馬力のエンジンが唸りはじめた。

すぐにパラシュート・アンカーが巻き上げられ、クルーザーが滑りはじめた。

そのうち、日暮とブレンダを超一流のレストランにでも招待するか。

千本木は両手で髪を掻(か)き上げた。

2

スマートフォンの着信音が響いた。

千本木はステアリングを操りながら、耳に神経を集めた。横浜新道を走行中だった。葉山からの帰りである。

「わたしよ」

安奈だった。何か切迫した気配が伝わってきた。

「何があったんだ？」

「折戸正明の寝室のベッドマットの中から、画像データが出てきたの。わたし、別件で原宿署に留置されてる折戸深雪の恋人が正明を殺したとは思えなかったから、もう一度あの事件を洗い直してみる気になったのよ」

「それで、川崎市の高津区にある折戸の自宅に行ってみたわけだ？」

「そうなの。それで奥さんの許可を得て、折戸正明が使ってた書斎を調べさせてもらったわけ。でも、事件に関わりのありそうな物は何もなかったわ」

「で、寝室も見せてもらったんだな？」

千本木は、後の言葉を引き取った。

「ええ。ナイトテーブルの引き出しを全部抜き取って奥を覗いてみたんだけど、何も隠されてなかったわ。それで、ベッドマットを引っくり返してみたの。そうしたら、二十センチほどの布テープが張りつけられてたのよ」

「その布テープを剝がしたら、ベッドマットに裂け目があった？」

「その通りよ。そこから手を突っ込んでみたら、画像データが隠されてたの」

「画像はチェックした？」

「もちろん！　そうしたら、室井佳津恵らしい女性が写ってたのよ」

安奈が答えた。

「なんだって⁉　佳津恵は、ひとりで写ってるのか？」

「ううん、五十代半ばの男と一緒よ。数カット撮られてて、二人はマンションのような建物の駐車場にいるようだったわ」

「その男の顔に見覚えは？」

「顔が判然としないのよ。折戸正明は、室井佳津恵と一緒に写ってる男をマークしてたようね。というのは、その五十代の男が別の人間に会ってる画像もあるから」

「安奈、いま、どこにいるんだ？」

千本木は訊いた。

「折戸家の近くよ」

「どっかで落ち合おう。おれは、現在、横浜新道の東戸塚のあたりを走ってるんだ」

「日暮さんが伝手をたどって話をつけてくれた変造機づくりのプロに会ってきたのね？」

安奈が確かめた。千本木は自宅マンションを出るときに彼女に電話をして、大下肇に会うことを話してあった。

「ああ。その帰りなんだ」

「それで、収穫はあったの？」

「大ありだよ。矢沢組の嶋はパチンコ業界のブローカーから、六千万円で変造機を組に内緒で買ったらしいんだ」

「六千万円もの大金、嶋自身が用意できないんでしょ？」

「ああ、無理だろうな。奴にはスポンサーがいるにちがいない。スポンサーというよりも、黒幕だろうな。そいつに命じられて、変造機を……」

「きっとそうよ」

安奈が言葉に力を込めた。

「それはそうと、用賀のドライブインで落ち合おう。『ファンタジア』にしよう。店、わかるよな？」

「ええ、憶えてるわ。あなたと初めて黒子の数を数え合った晩に、夜明けのコーヒーを啜ったドライブインだもの。ちょっと通俗的だったかしら？」

「えっ、初めての夜だったっけ？」

「あら、ひどい！　特別な夜だったのに、もう忘れてるのね」

「いま、思い出したよ。そう、あそこでコーヒーを飲んだんだよな。おれたちが坐った席まで憶えてるよ。確かガラス窓側の席だったな」

「残念でした。壁側の大きなパネル写真の真下のテーブル席だったわ」

「そうだったっけ？　女は、よくそういうことを憶えてるんだな」

「昔の彼女もそうだったのね」

「いや、ただの一般論さ」

千本木は、しどろもどろに答えた。思い当たることがなくもなかった。

「うふふ。焦ってる！」

「じゃれ合ってる場合じゃない。とにかく、ドライブインに来てくれ」

「オーケー。少し創さんを待たせることになるかもしれないわよ」

安奈が先に通話を打ち切った。

初めて安奈を抱いた夜のことをすっかり忘れていた。千本木は苦く笑った。

横浜新道から第二京浜道路に抜け、第三京浜に入る。玉川の料金所を出てから、瀬田方面に向かった。

待ち合わせのドライブインに着いたのは、四時半過ぎだった。

千本木はドライブインの駐車場から、日暮に電話をかけた。ツーコールで通話可能状態になった。

「大下氏の話は、どれも参考になったよ。そっちに借りをつくっちまったな」

「水臭いことを言わないでくださいよ。千本木(ボン)さんとおれの仲でしょうが」

「それにしても、ありがたかったね」

「よしてください。それより、嶋は変造機を手に入れてました？」

「ああ、予想通りだったよ」

千本木は経過をかいつまんで話し、安奈から新情報が入ったことも明かした。

「折戸が、なんだって佳津恵の写真なんか撮ってたんだろうか。連れの男をマークしてて、偶然に佳津恵が写っただけなんでしょうか」

「そうなんだろう。しかし、室井佳津恵の連れが誰かによって、折戸の刺殺、曾根サキの射殺、室井の毒殺、それからアブドルたちの爆殺は、すべて連鎖関係にある可能性も出てくるな」

「それぞれまるで関連がないと思われた複数の事件が一本に繋がってたとなると、パチンコのプリペイドカードの変造が謎(なぞ)を解く鍵(かぎ)になりそうですね」

日暮が言った。

「おれも、そう思いはじめてるんだ」

「ただ、女弁護士と室井護はプリペイドカード(PC)には関わりがないでしょ？　室井が勤めてた日東商事の子会社にカードメーカーはありますがね」

「これは単なる勘なんだが、毒を盛られた室井護はプリペイドカードに関わってる人物に脅されたか、泣きつかれたりしたかで、轢き逃げの真犯人の身替りになる気になったんじゃないんだろうか」

「しかし、検事取り調べの段になって、室井は他人の罪を被りつづけることに耐えられなくなったというわけですか？」

「そう。それで曾根先生に、予備校生を撥ねた人物の名を明かす気になった。しかし、真犯人はそれを察知し、北京マフィアの一員と思われる中国人に先生を射殺させ、アブドルに室井を毒殺させた。もちろん、その人物がダイレクトに殺人依頼をしたんじゃなく、矢沢組の嶋に命じて殺し屋を手配させたんだろうな」

千本木は言った。

「そういう推測もできますね」

「安奈が持ってくる画像データを見れば、室井佳津恵の連れの正体がわかるかもしれない」

「そうですね」

「ところで、そのうちブレンダを交えて三人でフランス料理でも喰いに行こう。当然、勘定はおれが持つ」

「そんな気は遣わなくても結構ですから、カジノで三十万円分のチップを買ってください」

「一段落したら、その約束も果たそう」

「冗談ですよ、千本木（ポン）さん。そんなことより、何かあったら、いつでも千本木（ポン）さんを助（ス）けます」

日暮が電話を切った。

　これ以上話してると、自分がブレンダたち二人の都合を訊いて勝手に高級レストランに予約しようとしてることを覚られそうだ。

　千本木はスマートフォンを懐に突っ込み、すぐに車を降りた。ドライブインは、高床式の造りだった。

　千本木はピロティの洒落（しゃれ）た階段を昇り、店内に入った。チック・コリアのナンバーが低く流れていた。

　安奈の姿はない。千本木は、チチカカ湖の全景を写した大きなパネル写真の真下のテーブルについた。コーヒーを注文する。

　客席は半分も埋まっていなかった。ウェイトレスたちは所在なげだった。

　千本木はコーヒーをブラックで飲みながら、セブンスターを吹かした。煙草の煙で、全身から漂っていた潮の香（か）がいくらか薄らいだ。

　安奈があたふたと店に駆け込んできたのは、五時二十分ごろだった。

　枯葉色のジャケットを着込み、白っぽいパンツを穿（は）いていた。薄化粧だが、その美しさは人目を惹く。事実、客やウェイトレスたちの視線が安奈に注がれた。

千本木は、少し誇らしいような気持ちになった。

「あら、思い出深い席ね」

「このテーブルだったよな、確か」

「ええ」

「おれがここに坐って、きみは反対側に……」

「逆です」

安奈が微苦笑して、千本木の前に腰かけた。

ウェイトレスがオーダーを受けにきた。安奈はココアを頼み、ショルダーバッグから画像データとプリントの入った袋を取り出した。

千本木は袋からプリントだけを引き抜いた。いちばん上の写真には、男と女が写っていた。

女は室井佳津恵だった。男の顔を見て、千本木は思わず声をあげそうになった。佳津恵の肩を抱いているのは、なんと日東商事の鴇田常務だった。

二人が親密な間柄であることは間違いないだろう。背景には、見覚えがあった。四谷の鉄砲坂の上にあるマンション風の造りの高級ラブホテルだ。

千本木は、二枚目の写真を見た。

パーリーシルバーのレクサスの助手席に佳津恵が坐っている。カジュアルな上着を着た鴇田が運転席に入りかけていた。

三枚目の写真には、鉄砲坂を下りはじめたレクサスが写っている。ナンバーは、はっきりと読めた。

「室井佳津恵の連れの男、誰だかわかる？」

安奈が小声で訊いた。

「日東商事の常務で、子会社『日東アミューズメントカード』の社長を兼務してる鴇田敬臣だよ」

「えっ」

「佳津恵は独身時代、日東商事の秘書課に勤めてたんだ。おそらく鴇田と佳津恵は、そのころから他人じゃなかったんだろう。二人は、四谷の鉄砲坂の上にある高級ラブホテルから出てきたところを折戸正明に隠し撮りされたにちがいない」

「四谷の鉄砲坂といったら、九月三日未明に予備校生が轢き逃げされた現場よね？」

「ああ。鴇田と佳津恵は、いつも坂の上にあるホテルを使ってたんだろうな。轢き逃げ事件の真犯人は、鴇田なのかもしれないぞ」

「ちょっと待って。確か鴇田は、事件の起こる前の日にインドネシアのジャカルタに出張してたはずよ」

「その裏付けを警察が取ったのかどうか」

「四谷署が確認済みよ。鴇田は九月二日の午後三時過ぎに成田空港から旅立って、九月四日までジャカルタ・マンダリン・オリエンタルホテルに宿泊してるの」

「そうか。となると、鴇田が情事の後、レクサスで予備校生を轢き殺せるわけない。時間的に不可能だからな」

「ええ、不可能よね」

「しかし、鴇田が自分の替え玉をジャカルタに行かせたとしたら……」

千本木は言った。

「その推測が正しかったとしても、なんのために替え玉を使う必要があるわけ？」

「替え玉がジャカルタに行ってる間、鴇田は愛人の佳津恵とたっぷり情事を娯しむ気だったのかもしれないぞ」

「鴇田のほうはその気だったとしても、佳津恵は人妻なのよ。そう毎晩、家を留守にすることなんかできないんじゃない？」

「鴇田が何か室井護の弱みを押さえてたとしたら、佳津恵は好き勝手なことができるだろう」

「でも、そんなことはちょっと考えられないと思うけどな」

安奈が異論を唱えた。

そのとき、ウェイトレスがココアを運んできた。千本木は煙草をくわえた。

「ありがとう」

安奈がウェイトレスを犒った。二十歳そこそこのウェイトレスが少しはにかみ、テーブルから離れた。

「鴇田が室井護の致命的な弱みを握ってたとしたら、室井に轢き逃げの身替りを強いた可能性もあるな。鴇田には一卵性双生児の兄か弟がいるんじゃないだろうか」

「その兄か弟が鴇田になりすまして、ジャカルタに行ったのかもしれないってわけね？」

「そう。推理小説では、もはや古典的な二人一役のトリックだが、現実社会では案外、見破られてないんじゃないか。ましてや出張先はインドネシアなんだ。顔かたちがそっくりの双児なら、外国人には見分けがつかないだろう」

「それでも指紋は別々だし、声も多少は違うんでしょう？　それから、語学力の差とか微妙な違いはあるはずよ。それに、筆跡も異なるでしょうしね」

「そうだな。ちょっと推理に無理があるか」

千本木は煙草の灰を落とし、次の写真を見た。

関東義誠会矢沢組の嶋と鴇田が駅のコーヒースタンドに並んで立っている。二人は、お互いに不自然なほど顔を背け合っていた。

しかし、鴇田は口許を手で隠しながら、何か語りかけているように見えた。

写真は、新宿中央公園内で撮られたものだった。鴇田と嶋は同じベンチに腰かけている。二人はやや離れて坐っているが、何か密談している様子だ。

鴇田が殺しの依頼をしているのではないか。

千本木はそう思いながら、また写真を捲った。

どこかのスポーツクラブのトレーニングルームが写っていた。鴇田は筋肉増強器を使っている。その隣のマッスルマシーンを利用しているのは、四十代半ばのインテリ風の男だった。見覚えのない顔だ。

「鴇田と一緒にマッスルマシーンを動かしてるのは、警察庁の有資格者よ」

安奈がテーブル越しに写真を覗き込み、低い声で言った。

「面識があるのか、この男と？」

「ええ。二、三度、取材したことがあるの。刑事局の局次長の椎橋頼親って男よ。四十三歳だったかしら？　頭が切れて、俳優みたいにハンサムなんだけど、自信家で厭味ったらしい奴よ」

「取材で何か不愉快な思いをしたようだな？」

「ちょっとね。保安部長の名前をうっかり間違えたら、『不勉強だね』って、せせら笑ったのよ。それだけなら、まだ赦せるんだけど、取材が終わったとき、汗ばんだ手でわたしの肩に触れて、『二人っきりになれる場所なら、とっておきの話を流してやれるんだがね』なんて囁いたの」

「で、きみはどうしたんだ？」

「癪だから、『わたし、そんなに男に飢えてるように見えます？』って言い返してやったわ」

「そいつは見ものだったな」

「エリート意識の強い男性にしばしば見られる傾向なんだけど、椎橋は女性をどこか見下してるのよ。わたしの最も嫌いなタイプね」

「この椎橋って警察庁のエリートと鴇田の結びつきがわからないな。単に同じスポーツクラブに通ってるだけだとしたら、折戸はわざわざ写真なんか撮らないと思うんだ」

「そうでしょうね。二人の繫がりをちょっと調べてみるわ」

「よろしく頼む！」

千本木は短くなったセブンスターの火を揉み消し、ブラックコーヒーを口に運んだ。

安奈もココアのカップに手を伸ばした。

「折戸の奥さんには、画像データを原宿署の捜査本部に後で届けるからと言って借りてきたんだろう？」

「ええ、そうよ」

「折戸深雪は、その画像データを確認したのか？」

千本木は訊いた。

「うん」

「それだったら、捜査本部には何か別の画像データを渡してくれないか。警察に先を越されたら、悪党潰しができなくなるからな」

「いいわよ。あなたのためだったら、わたし、またまた危ない橋を渡っちゃう！」

「安奈は、いい女だな」

「男にとって、都合のいい女だったりしてね」

「いい女が、そんな僻(ひが)みっぽい言い方したら、台なしだぜ」

「本当に、そう思ってる？」

安奈が真顔(まがお)になった。

「ああ」

「だったら、来週あたり、エンゲージリング買ってもらおうかな」

「話を飛躍させすぎだって」

千本木は口に含んだコーヒーを慌てて飲み下し、少しむせた。

「焦っちゃって。軽いジョークだから、心配しないで」

「あんまりびっくりさせるなって」

「うふふ。わたし、そろそろ局に戻らなきゃ」

「局の車で、ここに来たのか？」

「ええ。運転手さんには、車の中で待っててもらってるの。創さんは、この後、どう動くつもり？」

「日東商事の本社に行って、室井の上司の梅里って男に会ってみるよ。彼なら、室井の弱みや鴇田と佳津恵の関係を知ってそうだからな」

「そうね。それじゃ、わたしはひと足先に出るわ」

安奈が腰を浮かせた。

千本木は軽く手を挙げ、セブンスターをくわえた。一服したら、店を出るつもりだった。

3

盃（さかずき）が空になった。

千本木は、すかさず酒を注（つ）いだ。

銘柄は新潟の〝和楽互尊（わらくごそん）〟だった。数年前に全国新酒鑑評会で金賞に輝いた酒だ。

千本木は、東京駅のそばにある小料理屋の奥まったテーブル席で日東商事の梅里と向かい合っていた。すでに梅里は五合以上は飲んでいる。卓上には刺身の舟盛り、鯛のかぶと煮、蝶の空揚げ、鱈の白子、小芋、ぬた、鱚の糸造りなどが並んでいた。

「刑事さん、もう飲めませんよ」

梅里が言った。目の周りがほんのりと赤い。

「遠慮せずに、ぐっと空けてください。昔は捜査費が極端に少なかったんですが、いまは割に遣えるんですよ」

「警察の方に奢られるのも何ですから、割り勘で結構ですよ」

「何を言ってるんです。こちらがお誘いしたんですから、勘定は任せてください。料理もどうぞ！」

「え、ええ」

「大手商社のサラリーはいいらしいが、何も自腹を切ることはありませんよ。家のローンとか、お子さんの教育費とか、けっこう大変なんでしょ？」

「ええ、まあね」

「だったら、こちらの官費でどんどん飲ってください」

「しかし、後が怖いな。わたしをこんなふうにもてなしてくれるのは、何か探り出す気なんじゃありませんか？」

「ええ、まあ。しかし、あなたにご迷惑はかけませんよ。それはお約束します」

千本木はそう言って、盃を傾けた。

「何をお知りになりたいんです？」

「それじゃ、単刀直入にうかがいましょう。亡くなられた室井護さんには、あまり他人に知られたくないような秘密があったんじゃないのかな」

「秘密とおっしゃると……」

「たとえば、会社の金を遣い込んでしまったとか、それに類する背任行為に走ったとか」

「彼は、そんなことをする人間じゃありませんでしたよ」

「そうですか。それじゃ、彼は同性にしか興味がなかったんですかね」

「室井君はゲイじゃありませんでしたよ。しかし、彼は職場でそう見られることをひどく恐れてましたね」

「両刀遣い（バイセクシュアル）だったんだろうか」

「男に特別な関心なんか持ってなかったはずです。ただ、少し性に対して臆病だった面がありましたね」

「それで、晩婚だったんだろうか」

「ええ、もしかしたら」

梅里が急にうつむき、キャスターをパッケージから抓(つま)み出した。

この男は、室井のプライベートな秘密を何か知っているようだ。千本木はそう直感した。

「彼は、気の毒な男なんです」

「あなたは何か室井護さんの個人的なことを知ってますね？」

「何も知りませんよ。わたし、そろそろ帰らせてもらおう」

梅里が椅子(いす)から腰を浮かせかけた。

「あなた、死んだ部下を殺した犯人を早く逮捕してほしいとは思わないんですかっ」

「それは思いますよ。しかし、知らないことは喋(しゃべ)れんでしょう」

「とにかく、坐ってください」

千本木は穏やかに言った。梅里が周りの目を気にしたらしく、椅子に腰を戻した。

「梅里さん、話してもらえませんかね。室井さんの秘密がわかれば、犯人逮捕に結びつくかもしれないんですよ」

「そう言われてもね」

「あなたが喋ってくれるまで、辛抱強く待ちます」

千本木は腕を組んで、梅里の顔を見つめた。

梅里の様子が落ち着かなくなった。くわえた煙草に火を点けかけ、急にライターの炎を消した。箸置きを意味もなくいじり、指先で卓上を叩きつづけた。

「梅里さん、力を貸してくれませんか」

「真偽はわかりませんが、職場で室井君がゲイなんじゃないかと噂が流れたとき、彼は泣きながら、わたしに同性愛者じゃないと強く否定し、信じられないようなことを打ち明けたんです」

「どんな話だったんです？」

「室井君は、自分が性的不能者だということを……」

「彼は、いわゆる健常者だったんでしょ？」

千本木は訊いた。

「ええ、健康体でしたよ。しかし、どうしても性衝動が起きないんだと言ってましたね。その原因についても、泣きじゃくりながら、わたしには教えてくれました」

「話してくれますか」

「ええ。あの世にいる室井君には恨まれるでしょうが、話してしまいます。彼が小六のときのことだそうです。室井君は高校一年生だったお姉さんと夏の盆踊りに出かけたらしいんですよ。その帰りに、待ち伏せてた非行グループの少年たちにお姉さんが……」

梅里が言い澱んだ。

「輪姦されたのかな」

「ええ。それも、手足と口を押さえられた室井君の目の前で、四人の少年に代わる代わるに辱しめられたんだそうです」

「ひどい話だな」

「ようやく解放されたお姉さんは室井君を自宅の前まで送ると、近くの川に飛び込んで入水自殺をしてしまったそうです」

「そんな惨い体験をしてれば、男性の機能がおかしくなるかもしれないな」

「ええ、そうですよね。わたし、つい貰い泣きをしてしまいましたよ」

「そんな室井さんが、なぜ結婚する気になったんだろうか。周囲の人間たちに、同性愛者だと思われたくなかったからですかね？」

「そのあたりのことは何も言いませんでしたが、おおかたそういうことだったんじゃないでしょうか」

「ついでに、室井さんの奥さんのことも教えてください。佳津恵さんと鴇田常務は、特別な間柄なんでしょう？」

　千本木は言った。

「だ、誰から、それを!?」

「やっぱり、そうだったか。佳津恵さんは日東商事に勤めてるときから、鴇田常務とは愛人関係にあったんですね？」

「わたしの口からは、なんとも申し上げられません」

「そのお答えで、察しはつきますよ。おそらく鴇田常務は愛人の佳津恵との関係が公になることを恐れて、目をかけていた室井さんと自分の女を結婚させたんでしょう。室井さんにしても、佳津恵と結婚すれば、妙な噂をたてられなくなる。佳津恵は佳津恵で、鴇田常務との関係をつづけられるわけだから、気持ちが動いたんでしょう」

「そうなんでしょうか」

「しかし、予期せぬ出来事が起こった。鴇田常務は佳津恵と四谷のホテルで熱い時間を過ごした後、鉄砲坂の途中で人身事故を起こしてしまった。自分のスキャンダルが表沙汰になることを恐れた鴇田常務は、ひとまず車で事故現場から逃げた。そして室井の秘密をちらつかせて、後に彼を身替り犯として四谷署に出頭させた。そんな推理を組み立ててみたんですがね」

「事件当日の前の日に、常務はジャカルタに出張してるんですよ。常務が轢き逃げ犯だったなんて話は、どう考えても成り立たないでしょ？」

梅里が言下に否定した。口許には、かすかに嘲笑が貼りついていた。

「わたしは、鴇田常務が自分の替え玉をジャカルタに行かせたのかもしれないと考えはじめてるんです」

「まさか⁉」

「鴫田常務に双児の兄か弟がいませんか？」

「年子の弟さんがいますが、双児じゃありませんよ」

「その弟と会ったことは？」

「一、二度あります。年始の挨拶か何かで常務のお宅に伺ったときに、たまたま弟さんがいらしたんです」

「顔かたちや背恰好はどうでした？」

千本木は矢継ぎ早に訊いた。

「とってもよく似てらっしゃいました。廊下で顔を合わせたとき、弟さんを常務と間違えそうになったほどでした。服装が違ってたんで、恥をかかずに済みましたがね」

「あなたが間違えそうになったぐらいだから、出張先のインドネシア人には替え玉を使っても、まず気づかれないんじゃないかな」

「しかし、そこまではやらないんじゃないですか？」

「常務の弟の名前は？」

「宗幸さんだったと思います」

梅里が答えた。

「職業は？」

「洋画家だそうです」

「自由業なら、時間の都合はつけられそうだな」

「刑事さん、待ってください。いくらなんでも鴇田常務が替え玉を使って、室井君に轢き逃げの罪を被せようとしただなんて」

「最初は鴇田常務は室井さんを身替り犯にして、時間を稼ぐ気だったんでしょう。科学捜査で室井さんが真犯人じゃないことは、後でわかりますからね。その間に、常務は事故の痕跡を消し、破損したレクサスも密かにどこかでスクラップか何かにした。しかし、室井さんが検事取り調べで、それまでの供述を覆し、ベテランの女性弁護士に真犯人の名を明かそうとした」

千本木は長々と喋った。

「それじゃ、常務が誰か殺し屋を使って、室井君と女弁護士さんを始末させたと？」

「ええ、おそらくね。これまでの捜査資料を検討してみると、そういう推測が最もすっきりするんですよ」

「あなたがどう推測されてもかまわないが、わたしは鴇田常務を信じます。あの方は、人格者なんです。去年の秋に副社長から常務に降格されても、恨みっぽいことは一切言わずに淡々と仕事を……」

梅里は怒ったような顔つきになった。

「副社長から常務に格下げか。鴇田常務は、何か仕事で大きなミスでも？」

「ミスなんかしてません。鴇田常務は派閥闘争の犠牲になっただけですよ。会長と社長があることで引責辞任したんで、それまでの主流派の役員が旧反主流派に煙たがられて、揃って降格されたんです。そのうち鴇田常務は、『日東アミューズメントカード』の社長の席から引きずり下ろされるでしょう。ＰＣの変造カードによる被害を三十億円近く出しましたからね。たいした損失額じゃないんだが、いま主流派になってる重役たちにとっては、鴇田常務の力を殺ぐ絶好のチャンスでしょうから」

「それだ！」

千本木は指を打ち鳴らした。

「何なんです？」

「いや、こっちの話です。最後に、もう一つだけ教えてください」

「何が知りたいんです？」

「梅里さんは、鴇田常務の知人で椎橋頼親って男をご存じですか？」

「知りません。わたし、もう失礼します。あなたと話してるうちに、だんだん不愉快になってきたんだっ」

梅里が憤然と席を立ち、急ぎ足で店を出ていった。

鴇田は自分の出世はもう望めないと会社に見切りをつける気になって、パチンコの変造プリペイドカードでひと儲けする気になったようだ。警察庁のエリートも何かでつまずいて、事業家にでも転身する気になったのではないか。

千本木は徳利を摑み上げ、空の盃に酒をなみなみと注いだ。

4

画廊の客が途絶(とだ)えた。

千本木は腕時計を見た。午後三時十五分過ぎだった。

銀座六丁目にある中堅のギャラリーだ。

数日前から、鴇田宗幸の個展が開かれている。日東商事の常務の弟は、受付の近くで画廊主らしい七十歳前後の男と談笑中だった。

前夜、千本木は小料理屋を出た後、美術家団体の名簿で洋画家の連絡先を調べた。そして、新聞社の新米美術記者に化けて世田谷区内にある鴇田宗幸の自宅に電話をかけた。

電話口に出たのは洋画家の夫人だった。

あいにく鴇田宗幸は家にいなかった。そのとき、洋画家が銀座の画廊で個展を催していることを教えられたのだ。

千本木は、並木通りに面した画廊に足を踏み入れた。

割にスペースは広い。壁には、二十点ほどの油彩画が掲げられている。

鴇田宗幸が会釈した。容姿が兄と酷似している。喋る表情もそっくりだ。

画廊主らしい男が洋画家の肩を軽く叩き、千本木の横を通って表に出ていった。

「よろしかったら、ご芳名をお書きになってください」

洋画家が愛想よく言って、白い布の掛かった受付を手で示した。

千本木は上着のポケットに忍ばせたICレコーダーの録音スイッチを押してから、ことさら無表情に告げた。

「あなたの作品を拝見しにきたわけじゃないんですよ」

「どなたなんです？」

「成田空港から来ました。出国審査をしてる者です」

「えっ」

鴇田宗幸がうろたえた。この狼狽ぶりは普通ではない。やはり、実兄になりすましてインドネシアに行ったようだ。

千本木は確信を深めつつ、偽造身分証明書を短く見せた。

「失礼を承知で申し上げます。あなた、実兄の敬臣さんの旅券を使って九月二日の午後、インドネシア航空機に搭乗されませんでしたか？」

「何をおっしゃるんですっ。その日、兄はインドネシアに出張に行きましたが、わたしは日本にいましたよ」

「どこにおられました？」

「伊東市にあるアトリエにいました」

「それをどなたか証明できる方は？」

「いません。わたしは食料をたっぷり買い込んで、その前の日から十日間ほどアトリエに籠って、制作に励んでたんですよ。たったひとりでね」

「その間、アトリエに電話は？」

「一本もかかってきませんでした。わたしがアトリエに籠ってるときは、家族も画商も遠慮して電話をかけてこないんです」

「そうですか」

「なぜ、わたしが兄になりすまして海外に出かけたなどと荒唐無稽なことをおっしゃるのかな？」

鴇田宗幸が小首を傾げ、控え目に笑った。不自然な笑みだった。頬は強張っている。

「あなたのお兄さんは、数えきれないほど海外に出かけられてる。ご存じのように、出国カードや入国カードは原則として、ご本人に記述していただいてます」

「ええ、そうですね」

「今回の出入国だけ、カードの筆跡がいつもと違うんですよ。それで、われわれ係官は身内のどなたかが敬臣さんの旅券を使って出入国したのではないかと考えたわけです。そして、姿かたちの似てらっしゃるあなたに疑惑を抱いたわけです」

千本木は鎌をかけた。

「失礼なことを言うな。わたしは伊東のアトリエにいたんだ。兄になりすませるわけはないし、そんなことをしなければならない理由もない」

「それでしたら、あなたの筆跡を見せてもらえますね？　わたしの手帳に、お名前と自宅のご住所を書いてくれませんか。保管してある出入国カードとジャカルタのホテルからファクス送信してもらった宿泊者カードの筆跡と見較べてみれば、あなたに対する疑いは消えるかもしれない」

「なんて無礼な奴なんだっ。帰れ、帰ってくれ！」

洋画家が語気を荒らげた。

「あなたがここで筆跡を見せたくないと言い張るんでしたら、出入国管理法違反で摘発することになるな」

「証拠もないのに、そんなことをしたら……」

「実は、もう裏付けはとってあるんですよ」

千本木はもっともらしく言った。もちろん、はったりだ。

鴇田宗幸が蒼ざめ、わなわなと震えはじめた。何か喋りかけたが、慌てて口を引き結んだ。

「正直に話していただけませんか。あなたは兄の敬臣さんになりすまして、九月二日に日本を発ったんでしょ？」

「そ、それは……」

「どうなんだっ」

千本木は声を張った。

「気が進まなかったんだが、兄に拝み倒されて仕方なく替え玉出張をする気になったんだ」

「やっぱり、そうでしたか」

「なんとか見逃してもらえませんか。そうだ、わたしの八十号の大作を差し上げよう。一号二十万で売れるだろうから、千六百万円の価値はある」

洋画家が言った。千本木はＩＣレコーダーの停止ボタンを押してから、駆け引きを演じはじめた。

「そんな大きな絵を貰っても、荷物になるだけだ。第一、換金する手間が面倒ですよ」

「なら、小切手でもいい。千五百万で目をつぶってもらえないだろうか」

「上司や警察関係の連中にも鼻薬をきかせなきゃならないんですよ。そんな額じゃ、こっちの取り分がないな」

「なら、二千万円出そう」

「あと一千万、上乗せしてもらいたいな。それが無理なら、話はなかったことにしましょう」

「くそっ、足許を見て」

「どうします？　こっちは、どっちでもいいんだ」

「あんたには負けたよ。いま、三千万の小切手を用意する。小切手帳と実印は奥にあるんだ。ちょっと待っててくれないか」

鴫田宗幸がそう言い、奥にある事務室に向かった。

千本木は、にんまりした。腹黒い人間や卑劣漢から金を脅し取ることには、少しも良心の疼きは感じない。

金で何でも片がつくと思っている連中は、少し懲らしめてやらなければならない。

千本木はセブンスターに火を点け、五十号ほどの油彩画に近づいた。北イタリアのトマト畑と農夫が描かれている。

千本木は煙草の火を絵の中心部に押しつけた。

テレビン油の含まれた絵具に引火することを期待していたのだが、炎は躍り上がらなかった。焦げただけだった。それでも、個展中に絵の買い手は現われないだろう。

千本木は折れ曲がった吸殻を無造作に床に投げ捨てた。

ぼんやりと壁の油彩画を眺めていると、鴇田宗幸が戻ってきた。千本木は三千万円の小切手を受け取り、ふたたび密かにＩＣレコーダーの録音スイッチを入れた。

「あんたの兄貴はツイてないね」

「どういう意味なんです？」

「鴇田敬臣は九月三日未明、四谷の鉄砲坂で原付バイクに乗っていた予備校生を撥ねてしまった。あんたの兄貴は、坂の上にあるホテルで情事を娯しんだ相手を助手席に乗せてた。その女は、自分の会社の部下の妻だった。で、あんたの兄貴はとっさに車で逃げる気になってしまった。四谷署に置かれた捜査本部は近々、あんたの兄貴を逮捕するようですよ」

「その轢き逃げは、兄から車を借りた日東商事の室井という男が……」

「あんたの兄貴は、その室井の女房と坂の上のホテルで情事に耽ってたようだぜ。あんた、本当に何も知らないのか？」

「ああ。兄が轢き逃げをしたなんて、信じられない」

洋画家が呻くように言った。

芝居をしているようには見えなかった。千本木は無言で画廊を出て、ＩＣレコーダーの停止ボタンを押した。車は、少し先の有料立体駐車場に預けてあった。

サーブを立体駐車場から出したとき、スマートフォンが着信した。

発信者は安奈だった。千本木は車を路肩に寄せた。

「鴇田敬臣と椎橋頼親は五年前から同じゴルフ場のメンバーで、クラブハウスで顔を合わせるようになって、数年前から個人的な交際もしてたようよ」

「そうか」

「それからね、椎橋は五カ月前に大手新聞社の女性記者にセクハラ訴訟を起こされそうになったらしいわ。取材に応じる振りをして、椎橋は料亭の一室で女性記者に卑猥な言葉を連発して、おっぱいや下半身に触れたんだって」

「婦女暴行未遂だな。単なるセクハラじゃないね」

「ええ、で、女性記者は訴訟を起こす気になったらしいの。でも、警察庁のキャリアが新聞社の社主に泣きついて、事を穏便に済ませてほしいって土下座したというのよ。それで、社主は被害に遭った女性記者をなだめて……」

「結局、その記者は泣き寝入りすることになったんだな?」

「ええ、そうなの。その彼女、ものすごく悔しかったと思うわ」

安奈は自分のことのように憤っていた。職場でセクシュアル・ハラスメントを受けたことがあるのだろう。

「それは、そうだろうな」

「そんな不祥事を起こした椎橋は出世の望みを断たれたと思ったらしく、親しい同僚に、そのうち警察庁を辞めると洩らしてたそうよ。だから、椎橋が鴇田と共謀してる可能性はあるわね」

「大ありだな。安奈、礼を言うよ」

「まだ、あるの。鴇田のレクサスが足立区内のスクラップ屋で見つかったのよ」

「ほんとか⁉」

「ええ。九月三日の朝九時ごろに鴇田自身が破損したレクサスを持ち込んで、すぐに解体してくれって現金百万円を置いていったっていうの」

「その解体屋の名は？」

「江北自動車工業よ。社長は栗原茂三っておじさん。実はわたし、そのスクラップ工場に行ってきたの」

「レクサスは、まだプレスされてなかったのか？」

　千本木は問いかけた。

「ううん、もうプレスされてたわ。工場の隅に、圧縮されたレクサスが野晒しにされてた。栗原って社長、何か犯罪絡みだと判断して、わざと溶かさなかったんだって。それで、車体製造番号を確認できたの。プレスされたレクサスと社長の証言をちゃんとビデオに収録しといてもらったわ」

「そいつはお手柄だ。しかし、スクラップ工場の親父はそこまで怪しんでて、どうして警察に届けなかったんだろうか。鴇田から百万も貰っちまったからかな」

「そうみたいよ。それで自分も罰せられるんじゃないかって、届け出られなかったんだって。それだけじゃなく、四谷署から電話でレクサスをスクラップしたことがないかって問い合わせがあったときも、空とぼけちゃったらしいの。刑事が横着をしないで、首都圏のスクラップ屋を虱潰しに調べてたら、もっと早く鴇田敬臣が轢き逃げ犯だってことがわかったのにね」

安奈が残念そうに言った。

「その件をすぐにニュースにする気じゃないだろうな」

「心配しないで。あなたの裏仕事が終わるまで、絶対に報道はしないわよ。映像を撮ってくれたカメラマンは弟分みたいな男だから、局の連中におかしなことを言うはずないわ」

「その坊やに、そのうちバーボンでも一本プレゼントしよう」

千本木はそう言ってから、鴇田宗幸が実兄になりすましてインドネシアに渡ったことを詳しく話した。

「やっぱり、あなたの推測通りだったのね。また、ちょっぴり尊敬しちゃった」

「尊敬なんかしないで、もっと惚れてくれよ」

「わたしは、もう惚れ抜いてるわ。創さんのほうが、どこか上の空なんじゃない？」

「そんなことはないさ。さて、これから室井佳津恵に会いに行くか」

「都合が悪くなると、そうしていつも急に話題を変えちゃうんだから」

安奈が言った。しかし、声に棘は含まれていなかった。

「佳津恵を追いつめて、陰謀の細部を吐かせようと思ってるんだ」

「彼女は、相当な悪女なんじゃないかしら。ひとりで平気？　日暮さんに声をかけたほうがいいと思うけどな」

「曾根先生の絡んだ事件だから、誰の手も借りずに決着をつけたいんだ。片がついたら、連絡するよ」

千本木は通話を切り上げ、サーブを走らせはじめた。

室井の家に着いたのは、およそ四十五分後だった。

佳津恵は千本木を見ても、顔色ひとつ変えなかった。それどころか、媚を含んだ目で言った。

「明日にでも、東京地検にうかがうつもりでしたのよ。いろいろお世話になって、ありがとうございました」

「ちょっとお邪魔してもいいですか？」

「ええ、どうぞ」

「それでは……」

千本木は玄関に入った。

ホールに上がると、急に佳津恵が体をふらつかせた。千本木は彼女を抱きとめた。

「ごめんなさい。急に、めまいがして」

佳津恵が体をまっすぐに伸ばした。しかし、すぐにまた倒れかかってきた。

「貧血を起こしたのかな」

「少し横になれば、楽になると思います。厚かましいお願いですけど、寝室まで支えていただけます？」

「いいですよ」

千本木は佳津恵を抱き支え、二階の寝室に上がった。

十畳ほどの寝室には、ダブルベッドが据え置かれている。千本木は佳津恵をベッドに横たわらせた。

次の瞬間、佳津恵が両腕を千本木の首に巻きつけ、唇を貪(むさぼ)りはじめた。

色仕掛け(ハニートラップ)か。その気になって女を抱いたら、刺客が現われるという筋書きだろう。

それまで娯(たの)しませてもらおう。

千本木は佳津恵の上にのしかかり、深く舌を絡(から)めた。

濃厚なくちづけを交わすと、佳津恵が甘やかに囁いた。

「何も考えずに抱いて。わたし、なんだか不安で不安でたまらないの」

「リクエストに応（こた）えましょう」

千本木は手早く佳津恵の衣服とランジェリーを脱がせた。熟（う）れきった裸身は、眩（まばゆ）いほどに美しい。

乳房はたわわに実り、腰もまろやかだ。股間（こかん）の翳（かげ）りは絹糸のようだった。白い腿には、ほどよく肉が付いている。

「あなたの裸、早く見たいわ」

佳津恵が濡（ぬ）れ濡れと光る瞳（ひとみ）を向けてきた。

「きみの体をたっぷり拝みたいんだ」

「一方的に見られるなんて、恥ずかしいわ」

「男は視覚で煽（あお）られるんだよ」

千本木は言って、ベッドに浅く腰かけた。すぐに片脚で佳津恵の上半身を押さえつけ、恥毛を鷲攫（わしづか）みにした。

「痛い！　何をするのっ」

「おれが色仕掛けに引っかかるとでも思ったのかい？」

「何を言ってるの」

佳津恵が目を見開いた。

千本木は上着のポケットに手を滑らせ、ＩＣレコーダーの録音スイッチを入れた。

「鴇田敬臣が色仕掛けを考えたのか？　あんたが奴と独身時代から特別な仲だってことはわかってるんだっ。それから、二人で結託して、あんたの亭主を轢き逃げの犯人にしようとしたこともな」

「あなた、頭がおかしいのね」

佳津恵が鼻先で笑い、全身でもがいた。しかし、無駄な抵抗だった。

千本木は摑んだ飾り毛を強く引き絞りながら、一連の事件の謎解きをしてみせた。

佳津恵は苦痛に整った顔を歪めながらも、どの事件にも自分と鴇田は関わっていないと言い張った。

「あんたがそこまでシラを切るなら、少し荒っぽいことをさせてもらうぞ」

「わたしを殴る気なの⁉」

「おれは女には暴力は使わない主義なんだ」

千本木は言うなり、佳津恵の性器に二本の指を埋めた。その部分は潤んでいなかった。佳津恵が痛みを訴えた。

「あんた、まだ子供を産んだことはなかったな。オイルも塗らずに拳をそっくり奥まで沈めたら、大事なとこが裂けるかもしれないね」

「やめて、そんなこと」

「アメリカ人女性の中には、フィスト・セックスが好きなのが割にいるようだから、ただ痛いだけじゃないんだろうな」

千本木は指を三本にして、ひとしきり抽送した。

佳津恵はひどく痛がった。指を四本にすると、泣き喚きはじめた。

さすがに千本木は少しかわいそうになったが、感傷は捨てた。拳を徐々に捩入れると、ついに佳津恵は観念した。彼女は目を白黒させながら、一連の事件のすべてに鴇田が関わっていることを白状した。ほぼ千本木の推測通りだった。

曾根サキを射殺したのは、グロリアホテルから逃げた男らしい。北京マフィアの一員で、玄起孝という名だった。

佳津恵は、自分たちが疑われないよう千本木の目を当たり屋の岩佐に向けさせたことも吐いた。

「パチンコのプリペイドカードの変造は、どこでやってるんだ？」

「鴇田の河口湖畔の別荘よ。そこに、郭たち北京マフィアがいるの。矢沢組の嶋たち二人も時々、別荘に泊まってるんだと思うわ」

「変造機の購入代金の六千万円は、鴇田だけが負担したのか？」

「椎橋さんも二千万出したって話だったわ」

「鴇田と椎橋は、いつから郭たちにPCの変造をやらせてる？」

「八カ月前からよ」

「二人は、いくら儲けたんだ？」

「百億円以上は儲けてるはずよ。そのうちの三十数億円は椎橋さんの手に渡ってるわ」

「二人とも事業家に転身するつもりなんだな？」

「そう言ってたわ」

「なんだって、あんたは自分の亭主まで死に追い込むことに協力したんだっ」

「鴇田を愛してるからよ。陰気で性的不能者の室井になんか、ひと欠片の愛情もなかったわ」

「単なる偽装結婚だったってわけか」

「ええ、そうよ」

佳津恵が乾いた声で言った。

「たいした悪女だ」

「わたしは、自分の愛を貫きたかっただけだわ」

「ふざけるなっ」

「………」

「おれを始末しに来ることになってるのは誰なんだ？」

「玄（ユン）が来るはずよ」

「それじゃ、出迎えに行ってやろう」

千本木は足で佳津恵の喉を圧迫し、手首まで拳を埋めた。佳津恵が唸って、そのまま悶絶した。

千本木は拳を秘部から引き抜き、シーツで汚れを拭った。ＩＣレコーダーを停止させる。

千本木は階下に降り、応接間のドアの裏に隠れた。

消音器（サイレンサー）を付けた拳銃を手にした玄起孝（ユンチーシア）が抜き足で家の中に入ってきたのは、十数分後だった。

拳銃はハイポイント・コンパクトだ。女弁護士を射殺した凶器だろう。

千本木は息を殺した。

玄（ユン）がホールの奥にある階段を昇りはじめた。千本木は忍び足で玄関ホールに出て、玄（ユン）の足首を摑んだ。そのまま力まかせに引く。
五、六段目から、玄（ユン）が滑り落ちてきた。
千本木は玄の右手首を踏みつけ、左腕を一気に捩上（ねじあ）げた。

玄（ユン）が叫びながら、腰を捻（ひね）った。左足刀（ひだりそくとう）が、千本木の膝頭のすぐ上に当たった。内側だ。意外に知られていないが、そこは人体の急所の一つである。千本木は腰が砕けた。視界も揺れた。

玄(ユン)が転がって、ハイポイント・コンパクトを構えた。

小さな銃口炎(マズル・フラッシュ)がサイレンサーから吐き出された。放たれた銃弾は、千本木の左肩の真上を通過していった。

衝撃波は重かった。風圧に似ていた。弾は、玄関の壁にめり込んだ。

玄(ユン)が、また引き金(トリガー)に指を深く絡めた。千本木は玄(ユン)の右腕を捉え、組みついた。相手の顔面に掌拳(しょうけん)を叩き込む。隙(すき)が生まれた。

千本木は玄(ユン)の動きを封じながら、右腕の関節も攻めた。

肘の関節を外すと、玄(ユン)は体を左右に振った。落ちた拳銃は玄関ホールを滑走した。

「曾根サキという弁護士を殺(や)ったのは、おまえだなっ」

千本木は確かめた。玄(ユン)は口を開こうとしない。千本木は玄(ユン)の頭をたてつづけに四、五回蹴(け)りつけた。

玄(ユン)がようやく観念した。

「わたし、お金欲しかった。年寄り、殺したくなかったよ。けど、仕方なかったね」

「殺し屋稼業ができないようにしてやろう」

千本木は玄(ユン)を改めて蹴りつづけた。場所は選ばなかった。息が上がるまで蹴りまくった。

たちまち玄の顔面は腫れ上がり、血塗れになった。前歯はそっくり消えていた。口許は真っ赤だった。

千本木は息が整うと、また足を飛ばした。

恩人の女弁護士の笑顔を思い起こしながら、容赦なく蹴りつづけた。やがて、玄は意識を失った。

殺してしまったのか。それなら、それでもいい。

千本木はそう思いながら、靴を履いた。

エピローグ

　ＩＣレコーダーの音量を高める。

　麻布十番にあるスポーツクラブの喫茶室だ。室井佳津恵に淫らな私刑をしてから、五時間が経っていた。

　喫茶室で寛いでいる男女が一斉に千本木を見た。

　掌の上のＩＣレコーダーからは、鴇田宗幸の声が洩れている。実兄になりすまし、九月二日の午後にインドネシアに旅立ったことを告白している部分だった。

　千本木はＩＣレコーダーを停止させ、鴇田敬臣と椎橋頼親のいる席に急いだ。

　鴇田たち二人は顔面を強張らせたまま、彫像のように動かない。千本木は白いテーブルのかたわらに立ち止まり、どちらにともなく言った。

「悪党が揃って、なんの相談をしてるんだい？　おおかた、おれをどう始末するかって話なんだろう」

「き、きみは何を言ってるんだ!?」

　鴇田が顔をしかめた。

「収録された声が誰だかわかるよな。あんたの弟が九月二日の午後に、兄貴の旅券(パスポート)でインドネシアに渡ったことを吐いたぜ」

「入国審査官と名乗ったのは、きさまだったのか⁉」

「そういうことだ。四谷の鉄砲坂で原付きバイクに乗ってた予備校生をレクサスで撥(は)ねたのは、あんただな！」

「わたしが轢(ひ)き逃げしたって証拠がどこにあるんだっ」

「あんたのレクサスはプレスされてるが、まだ足立区の江北自動車工業のスクラップ工場にある。車の製造番号も確認済みだよ。それから、工場主の栗原茂三があんたに百万円貰ったことも証言してる」

「きみ、いい加減なことを言うな。名誉毀損(きそん)で訴えられるぞ」

椎橋が横から言った。

「セクハラ野郎が偉そうなことを言うんじゃねえ！」

「な、なんだと」

「某大手新聞社の女性記者を料亭に連れ込んでレイプしかけて、訴えられそうになったんだろうが。そのあたりの証言も押さえてるんだ。それから、あんたが鴇田と共謀して、北京マフィアたちにパチンコのプリペイドカードを大量に変造させてたこともな」

千本木は言って、上着のポケットから折戸正明が隠し撮りした写真を摑み出した。六、七葉のプリントを扇のように拡げ、二人に見せた。

鴇田と椎橋が顔を見合わせ、ほぼ同時に目を伏せた。

「折戸はあんたたちの写真を撮っただけじゃなく、密談も録音してたんだよ。その音声も、おれは手に入れた」

千本木は言った。むろん、作り話だった。

「われわれが何を喋ってたというんだっ」

鴇田が怒気を孕んだ声で喚いた。

「パチンコのプリペードカード変造に関する謀がいろいろ録音されてたよ。あんたが四千万、警察庁のエリートさんが二千万出して、関東義誠会矢沢組の嶋に六千万の変造機を買わせた話も収録されてる」

「なんてことなんだ」

「室井佳津恵も口を割ったよ」

千本木はICレコーダーの再生ボタンを押した。佳津恵の音声が流れはじめた。

「やめろ、音声を停めてくれーっ」

鴇田と椎橋が声を合わせて哀願した。

千本木は停止ボタンを押し、空いている椅子に腰かけた。鴇田が右側、椎橋は左側だった。千本木はICレコーダーと写真を上着のポケットに入れ、セブンスターに火を点けた。

「きみは、どこまで知ってるんだ？」

鴇田が低い声で訊いた。

「何もかもだよ。折戸正明、曾根サキ、室井護、それからアブドルたち三人を始末させたのはあんたら二人だってことのすべてをな」

「ま、待ってくれ。室井の件は、鴇田さんが独断でやらせたんだ。わたしは、いっさい関与してない」

椎橋がそう言い、鴇田に同意を求めた。

「それはそうだが、もう同じ穴の狢じゃないか」

「いや、同じじゃない。一連の事件の主犯はあなただ。わたしは、しぶしぶ鴇田さんの意見に従っただけです」

「椎橋君、いまさら何を言うんだっ。郭たちにもっとカードの生産量を増やせって発破をかけたのは、きみじゃないか」

「それは、あなたがそうしたがってたようだから、気を利かせて……」

「見苦しいぜ、二人とも！」

千本木は鴇田と椎橋を詰った。

二人は口を閉じた。三人の間に、重苦しい沈黙が横たわった。千本木は煙草を深く喫いつけてから、おもむろに火を消した。

そのとき、鴇田が小声で問いかけてきた。

「きみは、われわれをどうする気なんだ？」

「そいつは、おたくらの出方次第だな」

「われわれにとって不利な材料を譲ってもらえるのか？」

「条件によってはな。しかし、そういう話をするには、ちょっと場所がまずいだろう？」

「そうだな。屋上に行こうじゃないか」

鴇田が立ち上がった。椎橋も釣られて腰を浮かせた。千本木は二人に倣った。

喫茶室は二階にある。三人はエレベーターに乗り、屋上まで上がった。九階の上だった。

エレベーターホールから鴇田、椎橋、千本木の順に非常扉を潜った。屋上は庭園になっていた。

三人のほかには、誰もいない。

椎橋が急に振り返った。すぐに右脚を躍らせた。

千本木は相手の蹴り足を両手で摑み、軸足を小内刈りで払った。

椎橋が尻から玉砂利の上に落ちる。千本木は、椎橋の腹を蹴りつけた。靴の先が深くめり込んだ。

椎橋が横に倒れ、くの字に体を折った。

「悪あがきはやめるんだな。全身の骨を折ってほしけりゃ、別だがね」

千本木は椎橋に言い放ち、鴇田に向き直った。

「わたしは逆らったりしないよ。条件を言ってくれないか」

「PCの変造で儲けた分をそっくり吐き出してもらおう。室井佳津恵は、あんたちが百億円以上は儲けたと言ってた」

「男の見栄もあって、彼女にはかなり多めに言ったんだ。実際には、六十億そこそこしか稼いでない」

「そいつをそっくりいただこう」

「六十億円をそっくり!?　それは、あんまりだ」

「いやなら、おれはICレコーダーや写真を持って、江北自動車工業の栗原社長と警視庁に行くことになるぜ」

「わかった。条件を呑もう」

「それで終わりじゃない。六十億円をユニセフ基金に寄附したら、おれに十億の迷惑料を払ってもらう」

「なんだって!?」

鴇田が裏声を洩(も)らした。

「十億ぐらい何とかなるだろうが」

「とても無理だ。そんな大金は工面できんよ」

「なら、二人とも刑務所(ムショ)で年齢(とし)を重ねることになるな」

「待ってくれ。な、何とかしよう」

「期限は三日後の夕方六時だ。そのときに、六十億円の振込伝票の控えと十億円分の預金小切手を受け取る。受け渡しの場所は後で連絡するよ」

「わかった」

「念のために言っとくが、嶋や郭(クオ)たちに妙な命令をしたら、二人とも手錠(ワッパ)打たれることになるぜ」

千本木は言い捨て、鴇田と椎橋に背を向けた。


一週間後の夕方である。

千本木は香港島の中環(セントラル)にある銭荘(チンジョン)にいた。

合法的な地下銀行だ。地元で銭荘(チンジョン)と呼ばれている両替商は、世界の通貨や小切手の交換に応じてくれる。

正規の手数料さえ払えば、面倒な手続きは不要だ。千本木は少し前に、鴇田と椎橋が工面した額面十億円の預金小切手をそっくりユーロの小切手に換えてもらったところだった。

マネーロンダリングしたわけだ。これで、十億円の出所は永遠にわからない。

鴇田たちに渡した録音音声はコピーしたものだった。画像データもプリントは手許に残してある。

千本木は銭荘（チンジョン）を出た足で、数軒先にある英国系の銀行を訪ねた。その銀行から、中南米の免税国にある銀行の自分の口座に十億円を振込む。

玄（ユン）が死んだというニュースは報じられていない。どこかの病院で、闇（やみ）治療を受けているのだろう。

千本木は銀行を出ると、リッツ・カールホテルまで歩いた。ホテルのロビーでは、安奈、日暮、ブレンダの三人が待っていた。

「千本木さん、どこ行ってたの？」

ブレンダが日本語で問いかけてきた。

「ちょっとした野暮用を済ませてきたんだ」

「野暮用？　それ、わからない」

「ハニーに訊いてくれ」

千本木は日暮に目をやって、安奈に近寄った。すると、安奈が小声で言った。

「いま、東京の局に電話をしたら、嶋が逮捕直前の鴇田を射殺したって話だったわ。それから、郭が同じように椎橋の首を青竜刀で刎ねたそうよ」

「ふうん」

「創さん、何か仕掛けなかった？」

「いや、別に何も……」

千本木は空とぼけた。六十億円の振込伝票の控えと十億円の預金小切手を受け取った翌日、彼は鴇田の河口湖の別荘に電話をかけ、嶋に首謀者たちが手下の者に罪をおっ被せようと画策していると吹き込んでおいたのだ。

「何か仲間割れがあったのかしら？」

安奈が呟いた。

「おそらく、そうなんだろう。その後、室井佳津恵の情報は？」

千本木は訊いた。

「四日前に家を出たきり、依然として行方がわからないそうよ。どこかで命を絶ってるのかしら？」

「そんなにしおらしい女じゃない。どこかで、図太く生きてるさ」

「そうかもね。それはそうと、わたしたち三人を香港旅行に招待してくれたとこを見ると、これぐらいは迷惑料をせしめたんじゃない？」

安奈が声を潜めて言い、指を三本突き立てた。三千万円という意味だろう。千本木は首を横に振り、両手を掲げた。

「い、一億⁉」

「ゼロが一つ足りないな」

「えっ、十億円なの。元検事が、そこまでやる？」

「やっちまったんだよ。三人に思いっきり贅沢させてやるから、内緒だぜ」

「香港旅行なんてセコいんじゃない？　いっそ四人でロスのブレンダの実家に遊びに行こうよ。ついでに、世界一周なんてどう？」

「そいつも悪くないな。このホテルのレストランで何かうまいものを喰いながら、四人で相談しようや」

「最高！　素敵よ、創さん」

安奈が爪先立って、千本木の頰にくちづけした。ごく軽いキスだった。

千本木は安奈の腕を取って、日暮とブレンダを目顔で促した。

四人はエレベーターホールに向かった。

この作品は二〇〇四年五月に徳間書店より徳間文庫として刊行されました『潰し屋』に著者が加筆訂正をしたものです。なお、本作品はフィクションであり、登場する人物、団体、組織名など、実在の個人・団体とは一切関係ありません。

潰し屋

2017年5月1日　第1版第1刷

著者
南 英男

発行者
後藤高志

発行所
株式会社 廣済堂出版
〒104-0061 東京都中央区銀座3-7-6
電話◆03-6703-0964［編集］ 03-6703-0962［販売］ Fax◆03-6703-0963［販売］
振替00180-0-164137　http://www.kosaido-pub.co.jp

印刷所・製本所
株式会社 廣済堂

ISBN978-4-331-61668-0　C0193

警視庁極秘戦闘班シリーズ

人質

警視庁極秘戦闘班

定価 本体676円＋税
ISBN978-4-331-61651-2

警視庁捜査一課極秘戦闘班は誘拐、テロ、凶悪事件などを叩き潰すのを任務とする。その班長・郷原力也警部に緊急指令が下った。来日中のロシア大統領令嬢が、乗客ごと乗っ取られた大型クルーザーに拉致されたのだ。しかも、人質の中には郷原と別居中の妻子がいる！　北方四島返還が目的という武装集団の正体と真の狙いとは？

占拠

警視庁極秘戦闘班

定価 本体667円＋税

ISBN978-4-331-61652-9

首相弾劾の生放送を要求する武装集団が女性歌手らを人質にテレビ局のスタジオを占拠。極秘指令を受けた郷原力也は、悲鳴と銃弾の行き交うテレビ局にただちに潜入。次々と人質が凌辱されるなか、今度は種子島宇宙センターを視察中の首相が拉致され……。

警察小説の傑作シリーズ第二弾！

刑事課強行犯係シリーズ

逮捕前夜

刑事課強行犯係

ISBN978-4-331-61659-8

定価 本体648円＋税

東京・町田署の刑事課強行犯係の半沢一警部補は、職人気質の刑事である。警察学校で初任教養を修了し、職場実習を課せられた伊織奈穂の教育係を任され、戸惑う半沢だったが、研修初日に事件が発生。歩道橋の階段から男が何者かに突き落とされ、死んだという。現場に向かうふたりは…。

犯行前夜

刑事課強行犯係

定価 本体648円＋税
ISBN978-4-331-61662-8

半沢一警部補を、仮出所してきた男が訪ねてきた。ひとしきり暴言を吐いて去ってから数時間後、町田市内で女性絞殺事件が発生。現場には、半沢名義の偽造警察手帳が落ちていた。半沢に恨みを持つ、あの男の仕業なのか？　半沢と伊織奈穂が捜査を進めるうち、もう一つの殺人事件が浮上する！